AF447859

VLADARG DELSAT

ВІДЧУТИ ЗЕМЛЮ ПІД НОГАМИ

2024

Copyright © 2024 by **Vladarg Delsat**

All rights reserved.

No part of this publication may be reproduced, distributed, or transmitted in any form or by any means, including photocopying, recording, or other electronic or mechanical methods, without the prior written permission of the publisher, except as permitted by copyright law.

The story, all names, characters, and incidents portrayed in this production are fictitious. No identification with actual persons (living or deceased), places, buildings, and products is intended or should be inferred.

Жодну частину цієї публікації не може бути відтворено, розповсюджено або передано в будь-якій формі та будь-якими засобами, включно з фотокопіюванням, записуванням або іншими електронними чи механічними методами, без попереднього письмового дозволу видавця, за винятком випадків, передбачених законом про авторське право.

Сюжет, усі імена, персонажі та події, зображені в цій постановці, є вигаданими. Ідентифікація з реальними людьми (живими або померлими), місцями, будівлями і продуктами не мається на увазі і не повинна матися на увазі.

Редактор: Олена Камінська

Нове життя

Раптово усвідомивши, що жива, я розплющила очі. Зліва щось пілікало. Це означало - я знову в реанімації. Дихалося легко, трохи шумів у масці кисень. Це теж дещо означало, напевно, але мені було незрозуміло, що саме. Маска наводила на думку про те, що я померла. Я знала, що помру, давно вже знала і... мені було байдуже: тільки хотілося скоріше, бо я втомилася. Я згадала, що мене звати Мар'яна. Це ім'я мені дали батьки, які... Підступили сльози, захотілося плакати.

Залишався деякий час до приходу лікарів, яким монітор усе сказав. Ще Катін тато розповідав, що монітори все говорять. Коли помирають, то навколо метушаться, я пам'ятаю... Але лікарів поки не було, значить... Я не знаю, що це означає. Можливо, я ненадовго померла? Тоді вони точно зараз прийдуть. Якщо я померла... Навіщо мене повернули? Ну за що?! Знову захотілося плакати, тому я почала згадувати, з чого все почалося.

Мені було років п'ять, коли виявилося, що в мене виникають синці, ніби самі собою. Потім раптом почали боліти пальці. Вони згиналися в будь-який бік і чомусь боліли. Я була маленькою і не знала, що це потрібно приховувати, тому поскаржилася мамі. Мама розхвилювалася і відвела мене до лікаря. Той покрутив мої руки, подивився в повні сліз очі, але якось дуже байдуже. І сказав, що так боліти не може і я все вигадала, щоб випросити чогось. Мама дуже розсердилася, привела додому, де зняла з мене... ну... все, щоб боляче побити якоюсь паличкою. У мене пішла кров, бо шкіра дуже тонка - через неї видно всі вени, особливо на грудях. Було дуже боляче, і я, звісно, кричала. Але після палички боліти там, де завжди, стало менше, - ненадовго, звісно. Тому я зрозуміла, що так правильно. Якби я знала, чим це все закінчиться...

До школи всі мої зусилля йшли на те, щоб не розплакатися від болю. Тепер мене карали широким ременем, від якого не йшла кров, але теж виходило дуже боляче. Зате потім було не так боляче пісяти. Я завжди була маленькою, навіть зараз виглядаю років на вісім, хоча мені тринадцять. Тому, напевно, били мене не часто - просто щоб не вигадувала. А у вісім років мені навіть почало подобатися, коли карають, бо потім ставало легше дихати. Я вже не чинила опору і залюбки приходила, коли мене хотіли відлупцювати.

В нас у класі була дівчинка на ім'я Катя, її тато

врятував мені життя. Хоча я так і не зрозуміла навіщо. У Каті теж була тонка шкіра і гнулися пальці, але їй повірили, а коли я поскаржилася на те, що болить, мене послали... до психіатра. Це зараз я знаю, що це був психіатр. А тоді я зраділа лікарю і все-все йому розповіла, а він... Він мене обдурив. Дядько доктор сказав, що тепер усе буде добре, а сам написав, що я все вигадую і від цього треба лікувати уколами. Уколи - це дуже боляче, навіть болючіше, ніж ремінь. Але й після уколів мені ставало легше дихати і вже не так боліли пальці, тож я повеселішала. Катя розповіла своєму татові, і той поговорив із моїми батьками, а вони розсердилися. Тому я до школи не ходила тиждень - від ременя щось зламалося, у мене була температура і... не пам'ятаю. Я попросила Катю передати татові, що не треба з батьками говорити, бо від цього дуже боляче. Моя подружка плакала. Вона попросила подивитися на... результат, а я що? Мені не шкода... Ось потім вона плакала. Їй із татом пощастило, а мені...

Потім мені було десять, і на уроці в мене... Розповім по черзі. Це все через контрольну, за яку я отримала двійку, бо нічого не пам'ятала і насилу дихала. У класі було душно, і мені не вистачало повітря, ніби душили. Поскаржитися я боялася. А потім учителька сказала, що я розледащіла і вона буде за мною стежити. Що це означало, я не зрозуміла, бо знову намагалася дихати, але не виходило. Катя теж розхвилювалася і попросила викликати тата. Їй вчителька побоялася відмовити, бо Катін тато дуже страшний для школи. Потім вчителька повернулася, а я ніяк не могла вдихнути, і вона вдарила мене по обличчю, здається, і сказала, щоб я не прикидалася. Останнє, що я пам'ятаю - це Катіного тата. Він зрозумів, що я зараз помру, і оживив назад. А потім була лікарня.

Лікарі в лікарні теж зрозуміли, що мені погано, і щось зробили таке, від чого стало зовсім не боляче. Тільки от додому я не повернулася. Коли я дізналася, що батьки... Я... Мені важко говорити про це, чесно. Виявилося, що я не рідна їхня донечка, а удочерена, і вони... Вони сказали, що "не хочуть класти своє життя" на... на таку, як я. Тоді я померла вдруге. Батьки від мене відмовилися, викинувши, як кошеня, з дому, поки я лежала в лікарні. А потім був дитячий будинок для таких... інвалідів. Там було дуже сумно. Про нас дбали, але там не було мами.

Ось тоді я дуже хотіла померти, але мене розшукали Катя та її тато. Катя сиділа в інвалідному візку, бо більше не могла ходити. Я - могла. Було дуже боляче, але я ходила - тільки б не у візок. Тому що з дівчатками у візках тут таке робили...

- Мар'яно, хочеш жити з нами? - поцікавився Катін тато, і я розплакалася. Але чомусь йому не дозволили взяти мене.

Подруга теж плакала, але злі тітоньки все одно не дозволили мене забрати. Через якісь циферки. І я залишилася в дитячому будинку, де була зовсім нікому не потрібна, хоча Катя та її тато приходили до мене... Мені сказали, що в Катиного тата грошенят мало для нас двох. У цю мить я зненавиділа злих тітоньок, які рахували грошики і не бачили мене за ними. Або ще за чимось... Невже вони думали, що мені легше там, де я нікому не потрібна?

У дитячому будинку була бібліотека, і я читала книжки. Одна з них мене дуже сильно захопила. Там ішлося не про дівчинку, а про хлопчика, але він теж нікому не був потрібен. Хлопчик Віллі жив у притулку - це в Німеччині так дитячий будинок називається, я спеціально питала! Так от, він жив у притулку, його там ненавиділи й не любили, а мене тільки не люблять, але всім однаково. І ще там була вихователька така - зла тітка, якій подобалося бити Віллі. А йому це не подобалося, не знаю чому... Я б погодилася, щоб побили, аби бути потрібною. А потім виявилося, що Віллі вибрали, щоб забрати в чарівну академію, де вчили всіх лікувати. Напевно, і мене б змогли - академія ж чарівна? Напевно, даремно я думала, що це казка, бо мама й тато Віллі комусь заважали. За це їх убили, а його не стали чомусь.

В академії було багато сходів, і якийсь "фенке" скидав Віллі зі сходів - напевно, хотів убити, а хто це і за що, я не зрозуміла. Я не дуже розумна, насправді. У школі це теж знали, бо називали мене нехорошими словами і ще "калікою", але я ж усе одно знала, що помру, тож це було неважливо. Іноді мені хотілося стати Віллі Шмідтом або Інгрід Шиллер із книжки, бо вони дружили. А найголовніше - їм не було постійно боляче. А ще хотілося побачити академію Грасвангталь, дізнатися, що таке Ліс Казок і гора Рюбецаль. Напевно, це дуже красиво. Ця книжка стала для мене найулюбленішою, хоча вона і про Німеччину, де я ніколи не була і вже не побуваю. Тому що помру. Мені так сказали - "кожен день може бути останнім", тому я чекала, коли, нарешті. Бо сил більше не було ні на що.

Я розчарувалася в усьому... А вчора, здається, знову померла. Зовсім не пам'ятаю, що було вчора, ну та це й неважливо. Занадто довго єдиними моїми подругами залишалися книжки. Ну і Катя, звісно. Я читала книжку за книжкою, ніби переносилася в інші світи, але, мабуть, прийшов і мій час. Я знала, що помру...

Чи був шанс вижити у Мар'яни? Був, звісно. Якби не депресія, не дуже складний перебіг хвороби, не байдужість... Дівчинка померла і вирушила у свою нову мандрівку, сподіваючись, що там буде не боляче. Або буде хоча б тепло. Можливо, той, хто оцінює нас самих, вирішив, що вона заслуговує не лише на новий шанс, а й на нові випробування.

У цілком звичайну палату увійшов якийсь незвичайний лікар. Він носив не біле, а ніжно-блакитне, і це було незвично. Лікар подивився на прилади, потім щось поправив у крапельниці і тільки після цього посвітив мені в очі ліхтариком. Напевно, хотів дізнатися, чи реагую я на світло. Я заплющила очі, а він усміхнувся і заговорив зі мною. Тільки потім я зрозуміла, що ми говорили німецькою, а в той момент просто здивувалася тому, як він мене назвав. Як у книжці!

- Фрау[1] Шмідт, ви всіх налякали. - Лікар уважно дивився на мене, від чого в голові бродили найрізноманітніші думки. - Ви мене розумієте?

- Розумію, - кивнула я, тихо охнувши. Зараз у мене боліли суглоби, а не пальці, але здавалося, що болить абсолютно все. А ще... Я абсолютно не знала, що відбувалося з фрау Шмідт. Навіть як її, тобто вже, виходить, мене, звуть поняття не мала. - А як мене звати?

- Габріела вас звуть, - зітхнув лікар, а потім раптом погладив мене по голові.

Це виявилося так приємно, що я потягнулася за його рукою, просячи ще. Я не розуміла, що зі мною коїться. Усе було таким дивним...

- Не лякайтеся свого стану. Після клінічної смерті втрата пам'яті можлива. З хороших новин - шрам буде зовсім непомітним.

Чомусь мені здалося, що ці слова мали якийсь прихований сенс, але я все зрозуміла, звісно, по-своєму.

- Спасибі, лікарю, - подякувала я, бо треба ж бути ввічливою.

Новина про шрам і справді була дуже гарною. Вона означала, що в мене хоча б не будуть тицяти пальцем. Цікаво, Віллі Шмідт - це мій брат? У книжці ніякої

---

1. Звернення "фройляйн" вважається застарілим і не використовується. (Тут і далі прим. автора.)

сестри в нього не було. Напевно, тому й не було, що я померла...

Лікар пішов у справах, а я все думала про те, що на мене чекає. У те, що я здорова, мені не вірилося, та й руки з ногами на те ж натякали. А якщо в притулку - ну, у книжці ж був притулок, бо там хлопчик був сиротою, - до мене ставилися так само, як написано в книжці, то це означало... Значить, будуть лупцювати, і можна буде протягнути до академії! А в німецьких школах дітей били, я точно знаю, - тільки не пам'ятаю, в яких роках. Але наша вчителька нам часто говорила, що залюбки б усіх нас... "Отже, - подумалося мені, - у школі теж можна буде отримати те, від чого легше дихається. І в академії потім, напевно, теж?" Життя здавалося вже не таким жахливим, бо якщо раніше я просто нікому не була потрібна, то зараз мене хоча б ненавиділи - ну, якщо я в книжці, - а це теж почуття.

Я лежала і думала про те, що, напевно, Мар'яна померла. Нарешті. Але ось чому я знову стала тією, кому боляче, вислизало з мого розуміння. У голову прокралася думка, що це просто пекло таке. Я ж, коли була Мар'яною, захворіла і цим зробила погано матусі й таткові, - от за це мене і покарали так, що тепер знову боляче. А попереду страшна академія. Вона чарівна, але насправді страшна, бо там багато сходів. А сходи - це боляче. Можливо, там мене теж уб'ють? Адже в книжці хотіли ж, але хлопчик цей, Віллі, він хотів жити, а я... А мені нема чого. Цікаво, скільки мені років? І як я вигля-даю? Адже точно ж не Мар'яною, правильно?

Я не чекала, що до мене хтось прийде, але все ж таки прийшли. Це була жінка, худа, одягнена в якусь дивну сукню, на уніформу схожу, як у фільмах про війну. Я точно її не знала, але когось вона мені нагадувала... Ну, напевно, ту тітоньку з книжки, яка любила бити Віллі. "Напевно, вона з дитячого будинку чи притулку", - подумалося мені, бо обличчя жінки нічого не виражало.

Дивна дама підійшла ближче, вдивилася в мене і...

- Потвора проклята, - майже пошепки промовила вона. - Коли вже ти здохнеш!

- Добридень, - відповіла я і запитала: - Вибачте, а ви хто?

- Ах ти лайно! - замахнулася на мене жінка.

Тут різко відчинилися двері, і хтось у лікарському одязі не дав їй мене вдарити. Потім приїхала поліція, були ще лікарі, мене про щось питали, - але у вухах щось гуділо, не даючи мені зрозуміти, що відбувається. Я нічого не чула, розгублено дивлячись на людей навколо, але вони не розуміли, що я не чую. А потім заблимав апарат біля ліжка і вимкнули світло.

- Ти мене розумієш?

Переді мною знову стояв той самий лікар. Він дивився мені в очі, ніби намагаючись там щось прочитати, але мені було все одно.

- Розумію, - кивнула я, і світло знову згасло.

Коли я прокинулася наступного разу, зі мною щось робили. Страшно не було - тільки цікаво, навіщо встромляють трубочку... ну, "туди". І ще з попою щось робили, але не боляче. А ще прозвучало слово "хоспіс", і я зрозуміла, що вмираю. Я засмутилася, адже в хоспісі помирають довго і мучаться - я чула розповіді про це, коли була Мар'яною, - а мені хотілося померти швидше. Але прийшов якийсь дядько, схожий на ангела - у нього навіть німб був[2], - і сказав, що хоспісу не буде, бо він мене забере. Я зрозуміла, що цей дядько - смерть, бо в німців вона чоловічої статі. Я дуже зраділа і погодилася - ну, щоб він мене забрав. А дядько, який Смерть, розповідав, що тепер усе буде добре і ми всі житимемо у великому будинку, світлому й комфортному. Я навіть хихикнула - могилу мені ще ніхто так не описував.

Минув, напевно, місяць, і в мене висмикнули з... - ну, "звідти" - трубочку і посадили в інвалідний візок, через що я, звісно, заплакала. Поруч з'явився якийсь кучерявий хлопчик, якого дядько Смерть називав "синок". Виявилося, що й у Смерті є діти, тільки я одна і нікому не потрібна. Цей хлопчик, який син Смерті, погладив мене і почав вмовляти не лякатися, бо все буде добре. А потім він обійняв мене, і я приготувалася вмирати.

- Що ти робиш? - запитав мене хлопчик.

- Готуюся до смерті, - чесно відповіла я. - Коли помирають, то пісяють і какаються, я знаю, тому треба сидіти так, щоб потім тітоньки не сварилися, що багато мити.

---

2. Коли лампа підсвічує ззаду, здається, що у лікаря навколо голови ореол, особливо якщо пацієнта підводить зір.

- Ти не помреш, - сказав цей хлопчик, озирнувшись.

Одразу ж підійшов цей дядечко, який Смерть, і взяв мене на руки. Це виявилося так ніжно, так тепло, що я знову розплакалася, бо не могла стриматися.

- Чому вона плаче, тату? - запитав кучерявий хлопчик, який когось мені нагадав.

- Тому що в неї не було нікого, синку, - відповів дядечко, який тримав мене на руках. - Депресія - найстрашніший кат особливих дітей.

Мене посадили в машину і кудись повезли. Напевно, на цвинтар, щоб там закопати. Я ж нікому не потрібна, куди ще мене везти з лікарні? Або в дитячий будинок, або на кладовище...

Наречений

Ми приїхали не на цвинтар, а в якийсь будинок. Там нас зустріла жінка, але не така, як та, що приходила в палату, а зовсім інша. Вона була доброю. Сказала, що звати її тітка Ельза, але я можу називати... мамою. Я знову плакала, бо в мене з'явилася мама, справжня, уявляєте? А той, якого я назвала смертю, виявився татом. А кучерявого хлопчика звали Германом. Я абсолютно точно потрапила в казку, тому що такого зі мною статися не могло.

— Хочеш, ми тебе удочеримо? — запитав новий тато.

— А можна не удочеряти? — поцікавилася я й одразу ж пояснила. — Ну ніби удавано. Я тоді буду уявляти, що Герман мій наречений і в мене буде майбутнє.

Тато посміхнувся, а хлопчик — він теж чув, що я сказала, — здається, хотів заплакати.

— Тобі потрібен наречений для майбутнього? — усміхнулася мама.

- Ну, якщо є наречений, - розповіла я свої думки, - тоді коли-небудь буде сім'я... Я знаю, що все одне помру, але просто удавано, можна?

Мама заплакала і дозволила, а Герман обійняв мене і розповідав, яка я хороша. Стало так тепло-тепло, що просто неможливо як. У мене зовсім не було слів, а тільки сльози. Цього дня я багато плакала, - більше, ніж, здається, за все життя.

За обідом виявилося, що сили волі у мене мало і від болю ллються сльози. Тато мене навіть насварив трошки.

- Не можна терпіти біль, - сказав він, погладивши мене. - Якщо боляче, потрібно сказати.

Я була готова до того, що тато ремінець візьме, а він гладив і лаяв так м'яко, що знову хотілося плакати.

- А ти мене психіатру не віддаси? - запитала я, бо... ну... - Не треба психіатра, будь ласка.

- Бідна дитина, - обійняла мене мама. - Що ж ти пережила...

- Ніхто тебе не віддасть ніякому психіатру.

Я помітила, що від цього слова Герман сильно зблід. Напевно, він теж боявся того ошуканця. А тато розповідав, що він допоможе зробити так, щоб не боліло. І я повірила, звісно. А Герман узяв ложку з моїх тремтячих від болю рук і почав мене годувати, як маленьку. Їсти не хотілося, але я ж слухняна...

- Давай ще трошки поїмо, - сказав мені хлопчик. - А потім будеш відпочивати, а я поки уроки зроблю.

- А можна і я з тобою? - попросила я, як могла жалібно, і мій "наречений" погодився.

Герман зовсім не заперечував проти того, щоб бути нареченим. Я його навіть запитала чому, а він відповів:

- Ти диво. - І погладив по голові так ласкаво, що я заплющила очі від задоволення.

Ой, забула! Виявилося, що мені десять років і до страшної академії ще майже рік. А в дзеркалі я не схожа на Мар'яну, от зовсім. Значить, точно померла і стала новою. У книжках писали про таке, не пам'ятаю, як називається. А академія в книжці була, ну я й подумала, що, якщо прізвища такі самі, значить я в книжці, правильно?

Герман сів за уроки, а я підкотилася ближче, щоб не заважати, але теж щось робити. Він поклав переді мною книжку з історії і дуже суворо наказав йому не заважати. Тож я читала історію і не заважала, уявивши собі, що якщо я йому заваджу, то він дуже засмутиться, а засмучувати свого "нареченого", хай навіть і не по-справжньому, але все одно не хотілося. Герман розв'язував приклад і хвилювався, бо щось не виходило. Зазирнувши в зошит, я майже одразу побачила, що на самому початку він мінус та плюс переплутав. У мене теж так бувало, тому я й побачила. Я сиділа і мучилася, Герман теж мучився, тому я й не витримала.

- Германе, - тихо покликала я його і помацала за рукав. - Можна я тобі трошки заваджу, а ти мене за це поб'єш?

- Ох... - Спочатку хлопчик розсердився, але потім,

почувши, що я пропоную, просто обійняв і притиснув до себе. - Кошенятко ти моє. - Це було так ніжно, що я схлипнула. - Що трапилося в моєї хорошої?

Герман був ніби набагато старший за мене, мудрий, такий добрий і ласкавий... Я просто не могла не плакати.

- Ти тут мінус із плюсом переплутав, - обережно показала я й одразу ж заплющила очі від страху.

- Спасибі, кошенятко, - м'яко подякував мені хлопчик і погладив, через що очі самі відкрилися. Чомусь він зовсім на мене не сердився, незважаючи на те, що я йому завадила.

А потім він швидко доробив уроки і почав питати мене з історії - ну, те, що я прочитала. Десь у середині стало чомусь страшно, а Герман це якось відчув і припинив питати, - хоча я очікувала, що він почне мене сварити, бо я половину забула. Але мій "наречений" якось про все здогадався, відклав книжку і взявся мене обіймати. А потім поклав у ліжко і хотів піти, але я подивилася так жалібно-жалібно, що він залишився.

За вечерею я знову не могла поїсти сама, мене Герман погодував, а тато чомусь хмурився. Мені стало трохи страшно. Якби не памперс, то я, напевно, обмочилася б, але новий тато все передбачив, і я просто... ну.... Тато сказав, що після ка-те-те-ра багато хто пісяє і нічого страшного в цьому немає, підгузок - це для того, щоб мені було комфортно і я не плакала. Було так дивно, тому що комусь є до мене діло. Тато ще сказав, що він буде думати, як мені допомогти, а я трошки боялася.

Коли я була Мар'яною, мене карали вечорами, тож і сьогодні я без нагадування під'їхала до тата та ледве полізла на його коліна животом, щоб він міг мене покарати, бо ж я дуже завинила.

Тато навіть не зрозумів, що я роблю. Він мовчав і тільки притримував мене руками, щоб я не впала.

- Що ти робиш, донечко? - запитала мама.

- Ну, я завинила сьогодні, - пояснила я їй коли перевела дух. - Отже, мені належить ремінець.

Озирнувшись, я побачила, які великі очі в Германа. Він дуже здивувався, а чому, я не зрозуміла.

- А як ти завинила? - уточнила мама, щось показавши руками татові.

Той підняв мене і поклав животом до себе на коліна. Спідницю я задерла сама, а трусики, ну, які підгузок, зрушити не вийшло.

- Ну, я відволікла Германа, потім не змогла сама поїсти, і ще... - відповідала я дедалі тихіше, бо знову стало страшно. - Ще не все відповіла...

- Германе? - покликала мама.

- Ріє мені з прикладом допомогла. А те, що не все запам'ятала з історії, так і не очікував ніхто, - пояснив "наречений".

Він якось одразу почав мене називати "Ріє", а не

"Габріела", а я не проти, бо звучало це дуже ніжно. Що Герман робив зараз, мені було не видно.

- Донечко, ти хочеш, щоб тебе покарали? - нарешті подав голос тато і погладив мене по спині. - Чи просто думаєш, що все одно покарають?

- Коли карають, мені легше дихати і не так страшно, - зізналася я, стиснувшись. Ну, а раптом прожене?

- А боїшся ти болю?

Тато, звісно, відчув, що я стискаюся, тому ще й по голові погладив.

- Що проженуть, - тихо відповіла я.

Шкода, що в такій позі мені не було видно їхніх облич.

Тут тато пересадив мене назад у крісло. Він піднявся і кудись пішов, а потім повернувся зі стетоскопом - це такий апарат із двома трубками, яким груди слухають.

- Тебе ніхто ніколи не прожене, - суворо сказала мама. - Ти наша донечка назавжди, запам'ятала?

- Так, - кивнула я, від чого в очах трохи потемніло. - А по попі?

- А по попі ти не заслужила ще, - задумливо пробурмотів тато, щось слухаючи. - От здається мені, це рестрикція[1], але звідки?

- Від анамнезу[2] залежить, - незрозуміло сказала мама.

Вона піднялася, підійшла до мене, присіла навпо-

---

1. Порушення розширення легень на вдиху.
2. Анамнез - історія хвороби або/та життя.

й обійняла. Мені стало так тепло, що я зовсім розслабилася.

- Ти не знаєш, де жила?

- Точно не знаю, але, здається, у коморі, - відповіла я те, що читала в книжках, коли була Мар'яною.

Мама зробила великі очі, а Герман уже й зовсім нагадував сову. Він дивився на мене навіть не моргаючи, а потім кинувся обіймати, обіцяючи, що ніхто і ніколи мене більше не зачепить.

Тато кудись поїхав, потім повернувся з великим синім циліндром. Виявилося, що це медичний кисень. Мені на обличчя одягли маску, і дихати одразу стало дуже легко, а тато просто зітхнув. А на мій палець начепили таку... прищіпку[3] . Вона світилася червоним, і тато дивився в екран невеличкого приладу і гладив себе по голові. Потім мама зі мною довго розмовляла, все розпитувала мене, чому я думаю, що помру. Ну я й розповіла все, що знала. Потім мене помили і поклали спати, прямо з маскою, прищіпкою і приладом. Було трохи шкода розлучатися з Германом, але, можливо, я завтра прокинуся?

Я спала, дивилася якісь абсолютно чарівні сни і вперше не хотіла вмирати. Я бачила, як уже великий Герман одягає мені на палець каблучку, називаючи коханою. Шкода, що це тільки сон...

---

3. Сенсор пульсоксиметра - прилад для спостереження за показниками пульсу і насичення крові киснем.

Ціна

Ельза сиділа поруч із Герхардом, розповідаючи те, що їй вдалося дізнатися від Габріели. Герман чесно підслуховував. По-перше, йому було цікаво. По-друге, називаючи хлопчика "нареченим", дівчинка зачіпала якісь струни в його душі, змушуючи розібратися в ситуації. Як ще здобути інформацію, Герман не знав, тож причаївся за диваном, слухаючи бесіду батьків, чого раніше не робив.

- Синдром Елерса - Данлоса[1] , - задумливо повторив за дружиною чоловік. - І больовий синдром високої інтенсивності, бо все робила через "не можу". Треба розібратися, як їй полегшити біль.

- Запитай колег, чого простіше, - усміхнулася дружина.

---

1. Спадкове порушення розвитку колагенових структур.

Ельза бачила і біль Габріели, і "відкат"[2] за віком, що знову ж таки говорило про дуже непросте життя дитини, але вона вірила в чоловіка. А колишніми опіку-нами-садистами вже займалися поліція і психіатри. У школу, куди ходила дівчинка, поліція теж навідалася і виявила там множинні порушення.

У цей момент Герман не витримав і подав голос.

- Тату, коли Ріє киває, у неї синкопе[3] , - поділився своїми спостереженнями хлопчик.

- Так, треба подивитися шию, - кивнув Герхард, жестом кличучи сина. - Ти як щодо того, що став "нареченим"?

- Їй це дуже потрібно, тату, - серйозно відповів Герман. - А не любити Габріелу неможливо. Нехай хоч чоловіком кличе, аби жила.

У цій фразі було стільки ніжності, що Ельза уважно поглянула на сина і знову чомусь усміхнулася.

- Значить, я покопаюся в літературі і розпитаю колег, - вирішив доктор Штіллер. - Поки не розбере-мося, як полегшити стан Габріели, поводимося з нею, як із п'ятирічною - максимум ласки й турботи. І треба буде вирішити з киснем... Вранці відвеземо дівчинку в лікарню і будемо шукати.

- Головне - щоб вона не подумала про зраду, - тихо

---

2. Тут: зниження психологічного віку у зв'язку з перенесеними або переносимими стресовими ситуаціями.

3. Переднепритомний або непритомний стан.

промовила жінка. - Вона й так вважає, що довго не проживе...

⛹

Прокинулася я знову в лікарні. Як це дізналася? За запахом і писком поруч. Напевно, я знову померла... Цікаво, я все ще фрау Шмідт чи тепер мене звуть інакше? Розплющивши очі, побачила Германа. Він сидів поруч і гладив мене по голові. Значить, Штіллерів у мене не забрали. Від цього стало тепло. Помітивши, що мої очі розплющилися, мій "наречений" нахилився і поцілував їх - наскільки це було можливо з маскою.

- Налякала ти нас сьогодні, кошенятко, - сказав Герман. Дуже ласкаво, між іншим. - Зараз я тата покличу, і буде обстеження, а потім додому, так?

- Так, - прошепотіла я, ловлячи його руку. - А можна... щоб ти був поруч?

Можливо, він і не хоче, а я його змушую? Але мені це так потрібно - просто немає слів як!

- Звичайно, я буду поруч, адже ти моя наречена.

Він вимовив це слово так, наче воно неудавано, а насправді. Від цього знову захотілося плакати.

- Я тебе люблю, - сказала я йому.

"Наречений" тільки посміхнувся і відповів, що все буде добре. Я йому вірю, тому що це Герман.

Трохи згодом з мене висмоктали кров, а потім погодували і почали возити на рентген і в таке велике кільце, в якому голосно і страшно. Дивно, але я ніби стала зовсім маленькою. Напевно, це минеться, хоч і не хотілося б, щоб минало. Тато приніс такий комір спеціальний, одягнув мені на шию і велів не знімати, а то буде дуже погано. Але я ж вирішила бути слухняною. Так і сказала таткові, що я слухняна, хоча кивати тепер не виходить. Зате стало легше дихати, навіть коли маску зняли, щоб ще раз погодувати. Мене Герман погодував, бо я його кошеня, він сам так каже. Так тепло бути чиєюсь...

Потім ми поїхали додому. Герман сказав, що ми тепер будемо разом спати, бо наречений і наречена, але я здогадалася чому. Якщо опікуни сильно били, то вночі можуть бути кошмари, а щодня прокидатися в лікарні погано - кому завгодно набридне. А я не хочу, щоб набридло мамі й татові... І щоб Герману набридло... Бо я без нього, напевно, вже не зможу. Як мало часу минуло, а він уже став для мене найдорожчим. Чому так? Я не знаю...

- Ну що, кошенятко, зараз я тобі допоможу.

Мій наречений - напевно, вже не жартома, нехай навіть він вибере не мене, але я просто віритиму, бо треба ж у щось вірити, - він дуже ласкавий, а я його не соромлюся, чого тут соромитися-то...

- Ти чудовий, - сказала я йому, від чого була поцілована в животик, бо Герман одягав мені підгузок - ми їхали додому. - Тобі зовсім не гидко?

- А хто буде говорити дурниці, у того попа боліти буде, - посміхнувся мені наречений.

- Я згодна, - усміхнулася я йому, бо справді на все

згодна, якщо це буде він. А Герман мене просто обійняв, притискаючи до себе, від чого знову стало тепло.

Удома мене розташували в кріслі. Виявилося, що з коміром я нормально дихаю і мені не страшно, і на ніч його не знімуть, звісно, щоб я солодко спала. Поки Герман кудись ішов, я почала відволікати маму Ельзу своїми дурними розмовами. Мама відклала все, чим займалася, і почала слухати мене.

- Для мене Герман раптом став най-най, - сказала я.

- І я на все згодна, якщо це буде він, а чому так, не знаю...

- Імпринтинг, - незрозуміло вимовила матуся, а потім пояснила: - У тебе нікого не було, а тепер з'явилася сім'я. Тобі всередині хочеться стабільності, тому так і сталося. У цьому немає нічого страшного, не лякайся.

- Я не лякаюся, адже це ж Герман. Усе, що він робить, правильно.

Мама похитала головою і віддала мене синові, який повернувся, а я... вчепилася в нього. Увечері тато сказав, що Герман поки що теж повчиться вдома, бо... Виявляється, я важлива... Я зовсім не зрозуміла, як так сталося, що я раптом виявилася важливою. Від цього знову захотілося плакати. Напевно, я плакса.

Тато приніс якісь штуки, які одягнув мені на руки. Штуки обхопили зап'ястя, і ті вже не згиналися так легко, зате майже зовсім перестали боліти від кожного руху. Це була така радість! А ще в мене з'явилася моя спеціальна щітка для зубів і особливі виделки-ложки. Спочатку було страшно, але потім...

- Чому ти плачеш?

Герман, здається, злякався за мене, але я зараз від радості плакала, бо можу сама.

- Я можу... Розумієш? Я можу! - Я справді могла сама поїсти, хоч і не швидко, але могла. І вперше сьогодні почистила зуби без болю. - Я вас так усіх люблю!

Це зізнання було справжнісінькою правдою, тому що батьки зробили диво. Чи є на світі магія, чи ні, але вони зробили справжнє диво, і я тепер не безпорадна.

- Ми тебе теж дуже любимо, - вимовила усміхнена мені мама. А тато жував, тому мовчав, але він був із мамою згоден, я ж бачила.

Цей день став найщасливішим у моєму житті. Я можу щось робити сама, і мене люблять.

Герман почав зі мною займатися, поступово привчаючи до того, що можна вчитися. Тільки з письмом було складно, але тато щось придумав, і в мене з'явилися спеціальні ручки. Тепер виходило виводити літери без болю, хоча руки все одно дуже втомлювалися, тож німецьку я робила повільно. Герман сказав, що не можна занадто сильно втомлюватися і робити через "не можу", а я слухняна ж, це ж Герман.

Так минали дні, я звикала. До нас додому почали приходити вчителі. Вони дуже хвалили мене, але виявилося, що без кисню я зовсім недовго можу вчитися. Тато розв'язував цю задачу, а я... У мене був Герман і кисень, тому я вчилася щосили. А вночі наречений тепер спав зі мною в одному ліжку. Чомусь я більше не прокидалася в лікарні, а тільки в нього на плечі. Мій наречений зовсім не заперечував, він просто слідкував за тим, щоб я не померла вночі, - і я не вмирала, бо слухняна.

До школи мене пускати не наважилися, а без Германа я не могла вчитися, бо плакала. Без нього, сам на сам з учителем, було дуже страшно. Я не знаю, від чого померла минула Габріела, але не могла цьому чинити опір, бо навіть найдобріші вчителі здавалися монстрами з казки.

Одного разу до тата прийшов дядько в гарній формі, на якій було написано "поліція". Цей дядько довго розмовляв із татом, а потім Герман від мене майже зовсім не відходив.

- Германе, я мушу зізнатися...

Так, я зважилася розповісти про те, що була Мар'яною. Розповідати про таке було дуже-дуже страшно, але це ж Герман. Якщо прожене, значить, я помру і все закінчиться, хоча шкода, бо в мене вперше з'явилася сім'я, в якій мене люблять. А інвалідний візок - зовсім невелика плата за це. За тепло і ласку.

- У чому, моє кошенятко?

Наречений бачив, як мені важко, тому взявся заспокоювати і пояснювати, що нічого не треба говорити, якщо це так важко.

Але я повинна була і розповідала, а він тільки сумно посміхався, гладячи мене по голові. А потім я розповіла про книжки і що там було написано. А Герман мене обіймав і говорив, що все буде добре, у нас є батьки, а в батьків - друзі, і ще є країна, яка просто не дасть нас усіх образити. І я вірила йому.

VLADARG DELSAT

Про магію

Мені виповнилося одинадцять. Я змогла дожити до цього моменту і вже багато чого роблю сама. Герман стільки часу проводив зі мною, допомагаючи вчитися жити... Він просто найкращий у світі! Зовсім нещодавно я навчилася ходити в туалет, коли хочеться, тож більше не пісяю. Цього травневого дня на мені легка літня сукня і красиві трусики в смужку. Напевно, інші дівчатка, які здорові, не зрозуміють моєї радості, але я справді відчула себе щасливою, коли мама одягла на мене не памперс, а трусики! Справжні!

Коли я дізналася, що в мене день народження, то дуже здивувалася. У книжках день народження Віллі був десь у серпні. Здається, тоді через якийсь збіг убили його батьків і його вбити хотіли, але хлопчик сховався. А в мене, виходить, у травні? Це дивно. А ще незвичніше, що цей день мама з татом вирішили відсвяткувати. Не пам'ятаю такого, коли я була Мар'яною.

- З днем народження, кошенятко, - вимовив Герман, побачивши, що я розплющила очі.

Він мене ще погладив рукою по голові так ласкаво, що захотілося муркотіти. Я і спробувала це зробити, але голос був хрипким від сну, тому вийшло погано. Герман допоміг мені одягнутися. Я його зовсім не соромилася, і він мене чомусь теж. Напевно, це тому, що ми ще маленькі, - от потім, напевно... А зараз, можливо, так правильно.

Я вмилася сама, бо вже можу, тільки для цього на ортези[1] треба вдягнути рукавички, щоб вони не намокли. Без ортезів рухати руками дуже боляче. А ще вони різні - вдень одні, а вночі інші. Нічні м'які і з такою підкладкою, вона трохи гріє, щоб я не мерзла. Ще в мене пігулки, які треба пити, щоб нічого не боліло. Вони в мене назавжди, зате я можу іноді поїсти навіть морозиво. А от сік треба розбавляти, зате майже будь-який можна, крім гранатового, бо від нього тиск. А ще чай зелений не можна. І з шоколадом треба бути обережнішою... Щоправда, коли не можна, але дуже хочеться, то трошки можна, - так тато сказав.

А після вмивання я обійняла Германа і зовсім не хотіла його відпускати. Так ми трошки посиділи, а потім однаково довелося розчепитися, бо їсти пора.

Спочатку треба було з'їсти те, що правильно, а

---

1. Ортез - бандаж, що фіксує суглоби.

VLADARG DELSAT

потім зовсім трошки те, що не можна... Ну, на честь дня народження можна і шкідливе, ось!

Мама й тато взяли відгул на роботі. Заради мене! Для кого-небудь це, можливо, звичайна справа, але для мене це такий подарунок... Просто найбільший!

- З днем народження, донечко! - привітали мене мама й тато, а потім ще додали: - Як добре, що ти є.

Я, звісно, розплакалася, бо емоції ж. День почався дуже радісно, а потім мене повезли в парк розваг. Мені не все можна і не всюди, але там, де можна... Я так раділа, просто до писку. Немає таких слів, щоб описати, наскільки щаслива я була в мій одинадцятий день народження. Потім ми їздили до ресторану, і я зовсім забула про запрошення з академії, яке, як виявилося, не надійшло ні мені, ні Герману. Цей подарунок був ще більшим, ніж навіть парк розваг.

Уже зовсім увечері, коли суглоби змастили, я спробувала зробити магію рукою, як у книжці, і в мене нічого не вийшло. Потім я попросила Германа зробити те саме, і в нього теж не вийшло, і тоді я завищала від захвату. Навіть батьки прибігли, а я була така щаслива, що нічого не могла пояснити, а тільки верещала.

- Германе, що сталося? - поцікавилася мама.

- Судячи з того, що я зрозумів, - відповів мій наречений, - кошеня спробувало створити "чаклунство" і дізналося, що не відьма. Чому й радіє.

- Ріє, - мама сіла поряд зі мною і почала пояснювати: - Прізвища Шмідт і Штіллер - зовсім не власність автора книжки. Вони існують і в реальності, завтра покажу тобі книжку з цими прізвищами. І тільки через те, що щось збіглося з книжкою, не можна робити висновок, що ти потрапила в страшну казку, розумієш?

- Ура! - раділа я, бо без фенке[2] і ліндворма[3] проживу, а в те, що "магія" може мене полагодити, я, звісно, не вірила.

Ось так щасливо закінчився мій день народження.

КОЛИ Я ДІЗНАЛАСЯ, ЩО НЕ ВІДЬМА І ЩО ВЗАГАЛІ ТАКОГО, як у книжці, може й не існувати, то дуже сильно зраділа. Я перестала боятися і почала краще навчатися. Тато й мама думали, як мені допомогти, - мені так Герман сказав, тож я намагалася бути дуже слухняною, хоча останнім часом хотілося побешкетувати... Не знаю чому.

- Давай розв'язувати задачку, - запропонував Герман, і я, звісно ж, одразу погодилася, бо слухняна, ось.

Я підкотилася на кріслі ближче і почала записувати умову задачі. Я ніколи не суперечу Герману, навіть коли дуже не хочеться щось робити, бо це ж Герман. І я почала розв'язувати.

---

2. Фенке - у німецькому фольклорі лісовий велетень, кошлатий і кровожерливий.

3. Ліндворм - міфічна дараконоподібна істота, представлена в північноєвропейській традиції.

- Не виходить, - схлипнула я, але він мене відразу ж погладив, і сльози скінчилися.

Ми почали розбиратися удвох.

- Ось воно що, - протягнув мій Герман, усміхнувшись. - У тебе один ящик півтора робочого несе. Уявляєш?

Я уявила і хіхікнула. Швидко впоравшись із задачкою, я вирішила все-таки серйозно поговорити з ним. Герман відразу зрозумів, що на нас чекає бесіда. Він посадив мене на ліжко і обійняв.

- Скажи, будь ласка, - тихо почала я. Мене трошки потрушувало чомусь, але я трималася. - Я тебе ні до чого не примушую? Можливо, ти хочеш бути братиком, а не нареченим?

- Ох, кошеня, - усміхнувся мій наречений. - Я тебе нікому не віддам, - він став дуже серйозним. - Зовсім нікому, розумієш? Тож будемо нареченим і нареченою.

- А якщо ти полюбиш... ну... - Я опустила голову, бо те, що збиралася сказати... це боляче. - Іншу, здорову дівчинку?

Я не бачила, що робив Герман, тому що моя голова була низько опущена. Я відчувала, що зараз сльози побіжать по щоках. Його мовчання було страшним. Раптово я зрозуміла, що падаю, і тихо вереснула. Мені здалося на мить, що Герман образився і пішов, через що закололо в грудях, - але він просто вклав мене, перевернувши на живіт, і задер спідницю. Я подумала, що, напевно, дуже сильно його образила, і схлипнула.

- Ніколи так не кажи, - вимовила моя найулюбленіша в світі людина і дзвінко ляснула.

Боляче зовсім не було, тільки голосно. Я потягнулася до нього руками, щоб обійняти.

- Вибач мене, будь ласка, - сказала я. - Якщо хочеш, відшльопай хоч до крові, але не сердься.

- Ну от як на тебе таку сердитися?

Герман перевернув мене на спину, дуже ніжно обіймаючи, а я розповідала йому, що зовсім не хотіла образити, бо він най-най-важливіша для мене людина у світі, але я не хочу примушувати, бо це ж він.

- Вибачиш? - подивилася я на Германа так жалібно, як тільки могла, і він кивнув, усміхаючись. - Мені чомусь іноді хочеться, щоб відшльопали...

- Давай із мамою поговоримо? - запропонував мій наречений, і я, звісно ж, погодилася.

Ми поїхали до мами, щоб поговорити. Герман розповідав мені, яке я диво, як він мене любить і все-все на світі віддасть, щоб я була щаслива і жива. Коли ми приїхали, я вже плакала від його слів.

- Сину, чому молодша плаче? - поцікавилася мама в мого нареченого.

Він почав розповідати - про мої дурниці і про те, що хочеться... ну... А мама мене просто обійняла.

- Весна закінчується в малятка, скоро тобі стане легше, - сказала найкраща жінка на світі, а Герман здивувався, бо літо ж уже надворі. - Весна в таких милих дівчаток не завжди прив'язана до календаря, - пояснила найкраща в світі матуся.

Мені стало легше на душі, бо шльопати все одно не будуть, навіть якщо хочеться. Потім ми пішли гуляти.

На вулиці якийсь хлопчик обізвав Германа незнайомим словом, але мій наречений просто не звернув уваги, бо був зайнятий мною, напевно, тому до того хлопчика ніхто не підійшов, щоб образити, бо побачили мене. Деякі люди витріщалися на мене, як на мавпу в зоопарку. Це було неприємно, але не страшно, бо поруч ішов Герман. Ну а те, що сукня іноді піднімається і видно трусики, мені не страшно, я ними пишаюся, ось.

Коли ми гуляли, до нас підійшла якась старенька. Вона була доброю - не витріщалася і не робила бридливу мосю, а просто посміхнулася мені і заговорила з Германом, ну і зі мною, але намагалася не лякати, я бачила. Абсолютно особливою бабусею виявилася ця фрау Вітке, тому, коли Герман віз мене додому, я посміхалася.

А вдома чекала дуже велика новина і величезний сюрприз. Сюрприз приніс тато. Я дуже люблю тата і маму, навіть без жодних сюрпризів. Вони такі теплі й добрі, просто диво дивне, а не батьки. Я й забула вже, що їм не рідна. І мама, і тато показували мені інколи більше любові й турботи, ніж навіть до Германа, а тато називав мене татовою донечкою, і від того робилося дуже-дуже тепло.

- Післязавтра ми полетимо в Італію, - оголосив нам із Германом татко.

Мій наречений щасливо посміхнувся, тільки я не розуміла, у чому справа.

- А навіщо ми туди летимо? - запитала я, бо цікаво було.

- По-перше, там море, - пояснив тато, - а по-друге, лікар, який є фахівцем. Можливо, він знає, як тобі допомогти. Не плакати!

- Я не буду, - пообіцяла, хоча дуже хотілося, бо це дуже дорого ж, і складно, напевно, і...

- Ти наша донечка. - Тато присів поруч зі мною, обійняв і пояснив: - Для тебе я, якщо треба буде, зірочку з неба дістану.

Тут я, звісно, розплакалася, бо стільки тепла, ласки й ніжності просто неможливо втримати в собі, ось і виходять вони сльозами. А ще я ж плакса...

Надія

У день відльоту мене одягли в комбінезон, мама одягала. Комбінезон - це шорти і майка такі красиві, але вони одне ціле, тому знову був підгузок. Мама показала мені памперс, і я вже хотіла розплакатися, але Герман не дав. Він мене погладив, обійняв, а потім пояснив:

- Аеропорт - це не дуже близько, а потім літак і автобус, - сказав він мені. - Тобі буде складно в туалет, а так не треба буде терпіти.

- Ти вважаєш, так правильно? - Я подивилася на нього, і мій наречений кивнув, тому я сама стягнула трусики. Я вже вмію! Він же краще знає, як правильно. Чомусь мені трохи страшно знімати їх... Не знаю чому, але Герман точно знає, він мене дуже ніжно обіймає.

Мене одягли і потім посадили в машину, а крісло тато склав у багажник. Воно теж із нами полетить, але в багажі. А як буде в аеропорту, я не знаю, але мій наречений сказав, що все враховано, тому я не хвилювалася. Машина м'яко рушила з місця і покотилася кудись. Я спочатку дивилася тільки на Германа, а потім почала дрімати. Очі самі закрилися, і я заснула, відчуваючи, як мене гладять.

Прокинулася я в тата на руках - він мене кудись ніс, притискаючи до себе. Було дуже цікаво, але я не смикалася, щоб йому не заважати. Нарешті тато повільно опустив мене в каталку. Це таке крісло, в якому не сама їдеш, а тебе котять. Покотив мене, звісно ж, Герман.

Навколо було страшно - великий зал, багато народу. Я злякалася, що загублюся, і заплющила очі, тому зовсім не бачила, що відбувалося. Тільки на якомусь контролі Герман попросив мене розплющити очі й подивитися на дядечка. Дядечко носив щось чорне, здається, я не запам'ятала - було дуже страшно.

- Дочка боїться великої кількості людей, - пояснив тато, обережно беручи мене на руки.

Дядечко подивився в якусь книжечку, потім на мене і якось дуже по-доброму посміхнувся. Він сказав, що я розумниця, а потім побажав щасливої дороги.

Ми поїхали в зал очікування. Це таке велике приміщення, де багато крісел, у яких сидять люди. Ще є автомати зі смаколиками, які мені не можна, а то животик боліти буде, - тож я просто облизнулася, але просити не стала, бо я слухняна.

- Як ти, маленька? - запитала мама, а я їй просто посміхнулася, бо як же не посміхнутися. Адже це ж матуся!

- Усе добре, - сказала я і трохи заплющила очі від її тепла.

- Хочеш пити? - запитав Герман.

Він жадібно дивився на автомати, але не купував нічого, хоча йому можна.

- Ні поки що, - відповіла я й одразу ж запитала: - А чому ти собі нічого не купиш, адже тобі хочеться?

- Ми з тобою сім'я, - відповів він, посміхнувшись мені. - Я не їстиму і не питиму те, що не можна тобі, бо так правильно.

І я заплакала від великої кількості почуттів. Герман заради мене відмовлявся від того, чого йому хотілося. *Заради мене.* Це було так... Просто слів немає, щоб пояснити, тому я заплакала.

Комусь здасться, що це дрібниця і дурниця, але мені це було так важливо... Герман. Заради. Мене. Розумі-єте? Ось...

Ми сиділи і чекали, а за величезним вікном стояв великий літак і чекав, напевно, нас. Мені захотілося в туалет, і я зрозуміла, що Герман мав рацію, тому що терпіти не треба було, і я не стала. Напевно, трусики будуть потім, коли знайдеться туалет, зручний для мене, - мені ж не кожен підходить, а тільки той, на якому синя наклейка[1].

Ой, я забула розповісти! Тато на своїй машині наклеїв ззаду картинку з дівчинкою у візочку і ведме-

---

1. У Європі знак, що щось призначено для людей з обмеженими можливостями, синій.

у руках. Вона така ласкава вийшла, незважаючи на візок. Тепер усі знають, що в машині я, зате мені не хочеться плакати від цього.

Ми посиділи в залі очікування, а потім нас покликали. Ну, всіх покликали, але першими нас, бо я у візочку. Тато знову взяв мене на руки і кудись поніс - спочатку коридором, а потім у двері. Там виявилася довга кімната, у якій стояло багато крісел. Тато мене посадив до віконця, поруч сів Герман, а перед нами батьки. Так я дізналася, що таке літак. Потім у цю кімнату прийшло ще багато-багато людей, і всі розсідалися. А коли всі розсілися, кімната загула і за віконцем усе поїхало спочатку вперед, а потім назад.

Літак кудись їхав, а потім зупинився, зарикав так страшно-страшно, але я не боялася, бо Герман поруч, він мене гладив. А потім за вікном усе побігло швидко-швидко і стало віддалятися, а в мене запаморочилося в голові, і стало недобре. Мій наречений покликав тата, але виявилося, що нічого страшного - так буває на зльоті. Отже, ми злетіли і полетіли в казкову країну... Ну, я її собі так уявляла. Тому що зі мною була моя величезна надія.

У ЛІТАКУ НІЧОГО ЦІКАВОГО БІЛЬШЕ НЕ ВІДБУВАЛОСЯ. Якісь тітоньки розносили напої та бутерброди, тому Герман погодував мене йогуртом, - не знаю, звідки він його взяв. Він мене годував так ласкаво, але на нас ніхто не витріщався, адже це ж Герман. Я сама теж можу поїсти, але мені дуже подобається, як це робить мій наречений, бо стає дуже тепло. У віконці були тільки хмари внизу, синє-синє небо і сонечко. А більше нічого цікавого не було, тож я обійняла мого Германа і заплющила очі.

- Спи, кошенятко, - сказав він мені, і я слухняно почала засинати, а Герман мене гладив по волоссю, і я наче пливла.

Дивно, але я майже не думала про загадкове море, бо я маю мого нареченого і батьків, а більше мені нічого не треба. Напевно, я заснула, бо прокинулася від того, що мене поцілували. Герман поцілував, звісно. Мої очі розплющилися, і виявилося, що ми просто ось зараз приземлимося.

- Не лякайся.

Це мій наречений, він дуже турботливий, навіть розбудив, щоб я не злякалася.

Літак пішов униз, а потім пострибав, погарчав і під'їхав кудись. За віконцем знову були будинки, але інші, і багато сонечка. Ми почекали, поки всі вийшли, потім мене знову ніс тато, а потім витягнув із нашого багажу моє крісло і посадив у нього, щоб мені було зручно. Виявилося, що ми прилетіли, але не приїхали, - не дуже зрозуміла, як це. А потім був такий маленький автобус, і там можна було лежати. Це виявилося дуже зручно - лежати, тому що в мене вже підгузок втомився. А ще в автобуса виявилося затемнене скло, і шофер вийшов, щоб мене могли переодягнути. Герман зняв з мене комбінезон і памперс, а мама простягнула мої трусики. Я знову посміхалася, бо... свобода!

- Ми їхатимемо три години, - сказав шофер, коли мене закінчили змащувати і знову одягли. Герман одягнув, звісно. - Можна відпочити.

Ми поїхали, а навколо було багато цікавого, і я дивилася на Германа і у вікно. Шкода, що не можна одночасно і туди, і туди дивитися. Автобус погойдувався так м'яко, що приспав мене. Я не хотіла спати, чесно, але він мене приспав, і я знову розплющила очі, коли мене погладив мій наречений. Виявилося, що ми приїхали, і спочатку буде готель, де мене потрібно переодягнути, а потім ми поїдемо до одного доброго лікаря, який фахівець, ось.

Тато говорив, що цей лікар дуже спеціальний фахівець, і я відчувала надію. Тільки все одно сказала, що без Германа не згодна, - але тато відповів, що ніхто й не збирався, і я стала щасливою. Мене переодягли в сарафан, щоб його було зручно знімати, бо лікар на мене захоче подивитися. Мені не шкода, нехай дивиться, головне - щоб наречений був поруч, ось.

Мене погодували, - ну, знову Герман, звісно, не тому що я не можу, а тому що... ну це ж він! Мама дуже ласкаво посміхалася, дивлячись на те, як мене годує Герман, а тато пожартував про те, що в нас будуть найкращі дітки, і я розплакалася. Я теж хотіла, щоб ми виросли і були дітки. Можливо, я не помру?

- Зараз ми поїдемо до лікаря, кошенятко, - посміхнувся мені мій наречений, у нього теж була надія. - Він тебе подивиться і обов'язково допоможе. Треба вірити!

- Я вірю, Германе, - сказала я йому, тому що вірю і дуже-дуже сподіваюся.

Потім ми знову сіли в той маленький автобус, ну, мене поклали, звісно. А тато сказав, що якщо я буду гарною дівчинкою, то ввечері буде море. Герман відповів татові, що я завжди хороша і дуже слухняна, а я поцілувала йому руку, якою він мене гладив. І ми поїхали.

Дуже скоро ми опинилися біля такого великого білого будинку. Навколо їздили машини і сновигали люди, але я була на татових руках, а потім знову у візочку. Герман мене завіз у прохолодне приміщення, там були добрі усміхнені люди, а ще діти, такі як я. У них на руках були такі самі ортези, ну або майже такі самі. А ще дві дівчинки у візочках ганялися одна за одною. Я, напевно, дуже жалібно на них подивилася, бо дівчатка під'їхали до нас і щось сказали не німецькою, але тато зрозумів. Тато в нас дуже розумний.

- Марія каже, - переклав він мені, - що боятися не треба, скоро все буде добре, навіть якщо у візку.

- Я не боюся, - відповіла я, тримаючись за руку свого нареченого. - Тому що в мене є Герман. І ви, матусю і татку.

- Усе добре буде, моя хороша, - тихо сказав мені Герман. Він ніби відчуває, коли я починаю боятися. От як так?

Тато посміхнувся, погладив мене, а потім кудись

показав. Там стояв лікар у зеленому, він усміхався і дивився дуже ласкаво. У нього були вусики і прямокутні окуляри, але це не головне. Головне було те, як ті дві дівчинки дивилися на цього лікаря - наче він ангел. Можливо, він може мені допомогти?

Я обіцяю, що буду найслухнянішою дівчинкою в світі! Ну, будь ласка...

Теплом і ласкою

Лікар мені так посміхався, що мені навіть повірилося, що все буде добре. А потім він повіз мене оглядати. Чомусь цей лікар зрозумів, що мене не можна в Германа забирати, і попросив саме мого нареченого мені допомогти. Тато пересадив мене на кушетку, Герман обережно роздягнув до трусиків, а потім я трохи злякалася, але добрий дядько сказав, що не треба трусики знімати, а почав мене гладити. Я розуміла, що він оглядає, але він гладив, дуже лагідно й обережно, ніби боявся зробити боляче. Я сказала, що якщо треба боляче, то я потерплю.

- Не треба, щоб було боляче, - сказав мені цей чарівний дядько.

Він був справжнім чарівником і швидко закінчив, а потім попросив Германа погуляти зі мною, поки сам пояснюватиме матусі й татку, як мені допомогти. Значить... значить, мені можна допомогти?

Ми гуляли, і мій наречений розповідав мені, що зовсім скоро все буде добре і я зможу все-все робити сама, але він мене однаково обійматиме, одягатиме й годуватиме, тому що я диво. Так і сказав. А я сказала, що він найкращий у світі. І я його нікому не віддам. А потім ми домовилися, що нікому одне одного не віддамо. Тому що це ж ми.

Прийшли мама й тато, щоб відвезти нас у палату, бо треба зробити дослідження. Не знаю, що це таке. Я стала така дурна і наче молодша. Але коли я це сказала Герману, той обіцяв не дати мені за це морозиво. Я одразу відповіла, що більше не буду, бо по попі я згодна, а без морозива зовсім ні. Герман усміхнувся так, як тільки він уміє, і сказав, що я його вмовила. Потім знову треба було роздягатися. З мене навіть трусики зняли, але памперс не вдягли, а вдягли такий одяг спеці-альний, як піжамка, але дуже спеціальний. А коли зняли ортези, я заплакала. Стало дуже страшно, що знову буде боляче, і тому я плакала. Тоді їх одягли назад, але сказали, що зніматимуть ненадовго. На нена-довго я згодна. А назовсім ні. Тому що боляче. А коли боляче - це погано, так Герман каже, і тато теж так каже.

Мене кудись повезли. Я дуже боялася, але Герман був поруч, а з ним не страшно. Але нічого особливого не виявилося, тільки грудям було боляче, коли на них тиснули такою білою штукою[1] , але я терпіла. Плакала і терпіла. Герман побачив, що я плачу, і сказав, що не треба мене так мучити. І його послухалися, а я ще трошки поплакала, але він мене заспокоїв. Найстрашніша була така труба, яка називається мирити[2] , тільки я не знаю, що це означає. Вона спочатку як кільце, але всередині труба; клацає і дзижчить дуже голосно, тому страшно. Але я була сміливою, бо Герман поруч.

А потім ми повернулися в палату, в якій я трошки поживу, щоб мені зробили в ній добре. Тато й мама пішли з лікарем, а Герман мене годував. Тітонька сказала, що треба спробувати дати мені самій поїсти. А наречений відповів, що я втомилася, тож плакатиму, а плакати зовсім не потрібно, - і та тітонька погодилася. Коли прийшли батьки, виявилося, що ми йдемо на море, тож Герман зняв з мене піжаму і вдягнув те, що мама дала, - красиві кольорові трусики, які були трошки іншими, і ще на груди майже маєчку, але коротку. Це називається купальник, ось!

Ми поїхали на море... Спочатку був пісок, багато-багато піску, і всі ходили в трусиках, а в матусі купальник, схожий на мій. А потім білий пісок закінчився і з'явився мокрий. А потім я побачила зелені хвилі з білою піною. Ось скільки я слів запам'ятала!

---

1. Сенсор апарату УЗД. У деяких випадках при синдромі Елерса-Данлоса розвивається стан, коли тиск сенсора дуже болючий.
2. Апарат магнітно-резонансної томографії.

Мене почали вчити плавати. Ну, я начебто вміла, але ніжки ж... і комір... тож матуся одягла на мене таку помаранчеву жилетку, і я в ній плавала. Море виявилося гірко-солоним, я довго фиркала, а ще теплим і якимось... незвичайним.

Потім треба було повертатися, але я ніяк не могла розлучитися з морем, і батьки це зрозуміли. Але повертатися все одно було треба, бо їсти, таблетки і спати. Лікар дозволив, щоб я спала в готелі, а в лікарню тільки приїжджала, бо мені дуже страшно без матусі й татка, а без Германа я взагалі не згодна.

Не тільки діти сподіваються на те, що їм допоможуть у клініці. Очі батьків цих дітей часто горять ще більшою надією. Доктор Маркон дивився на Ельзу і Герхарда, батьків абсолютно несхожої на них дівчинки, і бачив це світло. Він розумів, що біологічно вона їм не рідна, але питати, зрозуміло, не став. Дорослі люди, які приїхали заради дитини з неблизької Німеччини, напевно, вважали її найріднішою і, безумовно, найулюбленішою, ранити їх такими запитаннями не варто було.

- Давайте поговоримо про Габріелу, - запропонував лікар, викладаючи знімки на негатоскоп[3] . Він уже знав, що обоє батьків - лікарі, тому перекладувони,

---

3. Пристрій для перегляду рентгенівських знімків.

найімовірніше, не потребували. Англійською доктор Марконі говорив із м'яким, приємним для слуху акцентом, а його інтонації дарували впевненість. - Подивіться, ось суглоби ніг, рук і стан шиї. Дівчинку в ранньому дитинстві, мабуть, погано годували і багато били.

- Ми, на жаль, цього не знаємо, - промовила Ельза, вдивляючись у знімки, чіткіші, ніж ті, що робили вдома. - Донька втратила пам'ять після... після зупинки серця в школі, а її колишні опікуни у в'язниці.

- А через що в школі? - зацікавився лікар і, почувши важке зітхання Герхарда, зрозумів, що тут теж усе непросто.

- Замах на зґвалтування, - з тугою промовив герр Штіллер. - Тому страхи в неї... Судячи з усього, ще й побиття, але тут важко сказати. Порок їй виправили, звісно, але...

- Це зрозуміло, - кивнув Алессандро Марконі. - Судячи з того, що я бачу, дівчинку багато били, погано годували, тягали за волосся, що пошкодило і шию, і голову. Шию треба оперувати. Ось сюди вставимо протезований хребець, і все буде добре. З головою... Порушення мозкового кровообігу лікуватимемо, нічого зовсім уже непоправного я не бачу, хоча з пам'яттю проблеми, звісно, будуть.

- А ноги-руки? - поцікавилася Ельза, яка дуже переживала за Ріє.

- Ноги... - доктор Марконі задумливо почухав ніс. - Суглоби можна оперувати ось тут і тут, тоді

Габріела зможе ходити. Бігати навряд чи, а ходити напевно. З руками... Тут краще поки не чіпати, років у п'ятнадцять-шістнадцять подивимося ще раз. Будемо зміцнювати серце, дамо мінерали з вітамінами, щоб могла вести нормальне життя і виносити дитину, коли настане термін. Вони всі про це мріють.

— Значить, зміцнити серце, вітаміни-мінерали, розібратися з головою, а після починати операції? — вибудував Герхард сказане за пріоритетами, чим заслужив шанобливий погляд італійця.

— Так, ви маєте рацію, — відповів Алессандро. — Ризики треба звести до мінімуму.

— Скажіть, а ось те, що вона іноді поводиться як п'ятирічна, іноді як підліток, а зараз - здебільшого саме як малятко, це треба лікувати?

Ельза, звісно ж, знала про віковий відкат, але сприймала Габріелу як свою доньку, тому побоювалася помилитися.

— У неї не було дитинства, — сумно посміхнувся італієць. — Зате було багато болю і розчарування в дорослих. А тут з'явилися ви, хлопчик ось про неї піклується, вона його любить і абсолютно довіряє, це помітно. Дитяча психіка, звісно, дуже пластична, але ось зараз Габріела просто добирає своє дитинство, не треба цього боятися. Мине час болю і страху, тоді малятко стане психологічно більш дорослою, а поки що приймайте її такою, яка вона є.

— Ми так і приймаємо, особливо Герман, — хмикнув

Герхард Штіллер, теж чомусь посміхаючись. - На яку суму нам потрібно брати кредит?

Це питання було теж не найпростішим: лікування коштувало зовсім не дешево. Але в клініки існували різні можливості, включно з розстрочкою, адже Штіллери були не єдиними...

Герман мене трошки налякав сьогодні. Він зробив суворе обличчя і сказав, що я по попі допросилася, тому треба приготуватися. Я посміхнулася і сказала, що згодна, бо це ж він. Слухняно лягла і навіть штани піжамні спустила. Було трохи страшно, але прийшла добра тітонька, похвалила мене чомусь і вколола попу. Вийшло боляче, але не сильно. А потім мене обіймав Герман, і це була найкраща нагорода.

Виявляється, у мене бракує ві-та-мі-нів і ще чогось, тож треба колоти попу. Страшно, коли хтось чужий робить, от я й попросила... Ну... Ну... Хоча б хай тато, якщо не можна, щоб Герман. Тато дуже ласкаво посміхнувся і запропонував спробувати моєму нареченому, а сам показав, як правильно. Герман дуже хвилювався, через що вийшло болючіше, ніж коли робила тітонька, але я не заплакала, бо це ж він. Я від Германа прийму що завгодно, бо він мій наречений.

- Пробач мене, диво моє, - сказав мені мій Герман, а я посміхалася йому, обіймаючи.

- Не вибачайся, - відповіла я моєму нареченому. - Усе, що ти робиш, правильно, тому що це ж ти.

А тітонька слухала нас і схлипувала. Я не знаю чому. Можливо, вона образилася? Запитала тата, - він сказав, що тітонька схлипувала, тому що я диво. Я не зрозуміла, але покивала, щоб не засмучувати тата тим, що... ну... А тато здогадався, що до мене не дійшло, і почав пояснювати:

- Ти диво, малятко, - сказав він мені, сівши поруч. - Дуже мила і хороша, тому люди розчулюються, а схлипують від надлишку емоцій, розумієш?

- Розумію, татку.

Тепер я справді зрозуміла. Потім тато розповів, що мені зміцнюватимуть серце і полікують пам'ять, щоб я більше розуміла, а потім лікуватимуть ніжки і шию, щоб я могла ходити. Я буду ходити! По-справжньому! Ніжками! Ось тут я не витримала і розплакалася. Тому що... ну, це ж ходити! Герман радів разом зі мною. Ми обидва такі щасливі, бо сім'я.

Після їжі та уколів мене досліджували, а потім починалася гімнастика. І Герман зі мною поряд усе-все робив, дивився, щоб мені не було боляче і я не плакала. Тітоньки і дядечки тренери хвалили нас обох, від чого я посміхалася і зовсім не плакала. Руки втомлювалися від гімнастики, і іноді навіть важко було дихати, але мені давали маску, і ставало легше. Тому що потрібно багато працювати, щоб потім ходити. За "ходити" я згодна майже на що завгодно. Майже - тому що якщо без Германа, то я ходити не згодна.

Але матуся й татко сказали, що Германа в мене не заберуть, тому я й згодна на все! Навіть... навіть якщо не буде морозива. Головне - щоб мій наречений був завжди.

Страх за близького

Минуло майже два тижні, але тато сказав, що ми тут ще побудемо, тому що його і маму відпустили з роботи, і нам не треба швидко їхати. Герман сьогодні щось хотів мені сказати, але не знав, напевно, як почати. Тоді я його спіймала, зробила брівки будиночком і подивилася так, ніби морозиво прошу, а він мене обійняв міцно-міцно і почав розповідати.

- У тебе шию треба полагодити, - сказав мені мій наречений.

Він був таким серйозним, що я навіть трошки злякалася.

- Це боляче? - запитала я.

Мені трошки страшно вже, що боляче, тому що я звикла, що не боляче. Уколи не рахуються, тому що Герман же.

- Ти просто заснеш, - усміхнувся він мені, хоча я бачила, що йому теж страшно. - Будеш спати і бачити сни, а потім прокинешся, і треба буде полежати.

- Я згодна, якщо ти кажеш, що треба. - Я теж стала серйозною, але не плакала, хоча страшно стало, бо Герман боїться. - А чому ти боїшся?

- Я за тебе хвилююся, диво моє, - сказав мені мій наречений, і я почала посміхатися, тому що я його.

- Усе буде добре, тому що в мене є ти, - так я йому сказала, а він мене знову почав обіймати, і я його теж. Тому що це ж ми.

Уранці мене хотіли відвезти від Германа, і я заплакала. Тоді добра тітонька сказала йому переодягнутися і помитися, поки матуся і татко мене обіймали. Мені знову стало страшно, просто дуже, але тато сказав, що якщо я буду боятися, то тиждень морозива не буде, - а як же можна без морозива? Ось і я перестала лякатися, а потім прийшов Герман, і ми кудись поїхали. Мене переклали на плоске ліжко, воно було не дуже зручним, але так треба, бо мій наречений так сказав. Добра тітонька дуже дивувалася, що я слухняна, коли Герман каже, - але це ж Герман, як вона не розуміє?

Мене роздягнули... Ну, Герман роздягнув, бо я знову почала боятися, і накрив простирадлом, щоб мені голенькій не було холодно. Він такий турботливий, просто диво! А потім тітонька зняла комір із шиї і чимось її помазала, але я не плакала, бо поруч був мій наречений. Мене вкололи у вену, а потім я почала засинати, дивлячись на Германа.

VLADARG DELSAT

- Ми чекаємо на тебе, диво моє, - сказав мій наречений, коли я вже майже заснула.

А потім я спала... Ну, напевно, тому що ми з Германом бігали разом по пляжу тільки в трусиках і були майже зовсім великі. А ще він мене поцілував, як тато маму, і сказав, що ми тепер назавжди разом. Назавжди-назавжди! А ще, коли я бігала, мені не було боляче, ось зовсім! Такий гарний сон... Нехай він стане правдою! А ще мені снилося, що ми як мама з татом, і в нас є малюк... Він був такий маленький, але все одно нас любив, і ми його дуже любили. Бо малюк же, як його не любити? Мені так хотілося, щоб це було правдою... Ну, будь ласка, нехай так і станеться!

Ріє відвезли, з нею пішов і Герман, якого дівчинка не відпускала від себе. Потім підліток повернувся, мало не плачучи. Тепер їм належало чекати. Чекати новин, знемагати від тривоги за свою донечку, за це маленьке диво. Герхард звично тримав себе в залізних лещатах волі. Ельза тихо плакала, переживаючи. Герман мучився, раз у раз підхоплювався з крісла і ходив коридором.

- З нею точно все буде добре? - жалібно запитав хлопчик, тремтячи від страху за Ріє.

- Обов'язково буде, - спокійно відповів батько, встав і обійняв сина, який підійшов. - Потрібно вірити і не плакати.

- Так страшно, тату, - зізнався Герман. - Просто до жаху. Вона засинала і дивилася на мене... Вона ж буде жити?

- Обов'язково. - Ельза витерла сльози, піднялася і обняла хлопчика й чоловіка. -Ріє житиме, з нею все буде добре. Я тобі обіцяю.

- Я вірю, мамо, - Герман переконував себе в цьому. - Я її так, виявляється, люблю... Просто не уявляю, що буде, якщо...

- Жодних "якщо", сину, - обірвав Герхард хлопчика, притиснувши до себе. - Ми всі любимо Ріє, а вже як вона нас любить... Ти для неї взагалі істина в останній інстанції.

Глава сім'ї підбадьорливо посміхнувся.

- Так, вона любить, - погодився Герман. - Іноді мені здається, я вас недостатньо люблю на цьому тлі. Знаєш... Варто уявити, що з нею що-небудь станеться, як просто земля йде з-під ніг. Ну нехай із нею нічого не станеться! Ну, будь ласка, татку!

Це був крик душі. Шалене, сповнене надії заклинання хлопчиська, який відчайдушно боявся за своє диво. За ту, що поступово ставала найважливішою в житті. Важливішою навіть за маму й тата.

Штіллери дуже добре розуміли це. Вони заспокоювали сина, самі щосили намагаючись тримати себе в руках. Коли до кімнати очікування увійшов лікар і мовчки показав великий палець, Ельза від полегшення зомліла, ще раз налякавши Германа. Але з його *кошеням точно тепер усе буде гаразд. Лікарі посміхалися. Вони відразу ж показали підлітку сплячу дівчинку, яку довелося обстригти через цю операцію. Герман дивився наРіє з посмішкою, повторюючи як мантру: "Усе буде добре".*

А ПОТІМ Я ПРОКИНУЛАСЯ. СПОЧАТКУ НІЧОГО НЕ відчула, навіть себе саму, і хотіла вже злякатися, але прийшов якийсь дядечко. Він щось підкрутив і посміхнувся. Я йому теж усміхнулася, а потім спробувала запитати, де Герман, але дядечко пішов, і тоді я заплакала. Прийшла та добра тітонька, яка була до сну, і привела Германа, бо зрозуміла. Мій наречений дивився на мене мокрими очима і щасливо усміхався. Ну видно ж, коли радіють, от і він мені радів. І я йому раділа, хоча потягнутися чомусь не могла.

– Не лякайся, малятко, – сказав мені мій Герман, обережно погладивши по голові. – Скоро наркоз відійде, і ти будеш знову рухатися. Головне, що ти з нами.

– Я завжди буду з тобою, – пообіцяла я.

Чомусь голос був дуже хрипкий і хотілося пити. Герман мене напоїв, трохи, бо багато одразу не можна. А потім почали ворушитися руки і навіть ноги. Вони майже не боліли, коли рухалися. Це було так незвично!

– Як я за тебе хвилювався, – зізнався мій найулюбленіший на світі наречений. – Тому що дуже тебе кохаю.

- Я тебе дуже-дуже люблю, - відповіла я, бо це правда. - Тому що це ж ти!

А потім мені потрібно було полежати і ще поспати, але Герману дозволили посидіти зі мною, бо інакше я плакала. Не тому, що сумно, а тому, що це працює, а розлучатися з моїм нареченим я не хочу. І він не хоче, він сам мені це сказав! Тому я зробила так, як працює, і йому дозволили. Дядечко сказав, що нічого страшного не трапиться, бо я йому довіряю. А я сказала, що це ж Герман! І всі зрозуміли.

Я трошки полежала, а потім зі мною почали займатися, ну і з Германом, звісно, бо мені без нього страшно, а страшно - це погано. А погано нам не треба, так татко каже. І мій наречений так каже, значить, так правильно. Зі мною займалися-займалися, а потім я-а-ак зняли комір! І нічого не сталося! Ну, боляче не було, дихалося також добре, тільки шия швидко втомлювалася, але для цього почали займатися нею. А щоб мене відволікати, ну я так думаю, ми грали в різні ігри, а потім плавали в морі й знову грали. Мене для операції обстригли, але Герман сказав, що відросте і я однаково найкрасивіша, тому я й не плакала. Герман же краще знає, правда?

А потім треба було їхати, бо в матусі й татка робота. Інші операції відклалися, щоб не лякати мого Германа. Я тільки потім зрозуміла, як він за мене боїться. Він най-найкращий в світі! Я нізащо не буду його засмучувати, тому що це ж Герман! Я востаннє поплюскалася в морі, а вранці ми вже їхали. Було трохи сумно, особливо через підгузок, але Герман усе зрозумів і приніс мені морозиво, щоб я не плакала. Це він сказав, хоча я й не намагалася плакати, бо не можна те, що працює, через такі дрібниці використовувати.

Ми летіли додому, а я несла у своєму серці шматочок сонячної Італії та посмішку чарівного лікаря. Доктор на прізвище Марконі виявився справжнім чарівником: я можу бути без коміра, у мене почали рухатися ніжки, а ще стало легше ось тут, усередині. Тому що не можна скиглити, коли так люблять... Ми летіли назад, а я дивилася тільки на мого Германа, навіть коли заснула, тому що це ж він.

Удома нічого не змінилося, тому ми сіли за стіл. Треба поїсти, потім пігулки, потім поспати, позайматися... У мене тепер режим, він дуже суворий, як сказав тато, "без відгулів і вихідних", але це ж для того, щоб мені було добре. І за це належить морозиво, і ще трубочка з кремом. Щоправда, не одночасно: або - або, тож інколи важко вибрати. Але Герман придумав, як мені допомогти - ми ділимо навпіл і морозиво, і трубочку, тож виходить і те, і інше. І Герман! Ура ж?

- У вересні почнеться школа, - сказав нам тато і одразу ж поцікавився: - Будемо пробувати ходити чи краще вдома?

- Як Герман скаже, так і правильно, - одразу ж відповіла я, а наречений мене обійняв. Мене вже можна обіймати, бо все загоїлося, ось!

Наречений сказав, що треба спробувати вдома позайматися і, якщо я лякатися не буду, тоді спробуємо, а якщо буду, то ну їх. І тато з "ну їх" погодився. Він сказав, що ми йому важливіші за всі школи на світі. Це було так тепло, що я заплакала, але мене швидко заспокоїли. Добре, що я мамина, татова й особливо Германа. Я найщасливіша в світі!

Школа

У дома було все добре, я навіть могла займатися цілих сорок хвилин і не плакала від втоми. Через те, що ми на домашньому навчанні, іспити нам обом зарахували і так. Тато пояснив, що мені іспити поки що не можна, а Герману можна, але я почну хвилюватися, і знову, виходить, не можна, тож ми складатимемо так: поки Герман пише, а я просто рядочком посиджу і, що зможу, усно відповім, бо багато писати мені боляче. У школі теж скажуть, що мені багато писати боляче.

Ще мені було страшно від того, що в школі ж буває це... Ну...[1] Тато пояснив, що цього, яке "ну", давно вже немає. Ну якось так я його зрозуміла, тому усміхну-

---

1. Дівчинка має на увазі тілесні покарання, але не пам'ятає, коли вони були заборонені, бо інформацію про це отримала з недостовірних джерел.

Якщо нареченому нічого не загрожує, то я спокійна. Головне - щоб із ним такого не сталося. Іноді я ще думала, що я неважлива, але Герман сказав, що образиться, і я перестала так думати, бо мого нареченого зовсім-зовсім не можна ображати. Це було дуже страшно, те, що він сказав, найжахливіше. Я йому відповіла, що я слухняна, тому не буду так думати.

Нас запросили до школи. Я готувалася разом із Германом, і ми всі хвилювалися. А в школі виявилося, що вчителі теж хвилювалися, бо вони не хотіли, щоб мені було погано. Я так здивувалася, але Герман сказав, що все правильно. А ще мій наречений заборонив мені хвилюватися, щоб сердечку не стало погано, а я сказала, що постараюся. І справді дуже сильно старалася.

Нам дали завдання. Герман сів писати, а я читала і спочатку нічого не зрозуміла. Мені стало раптом страшно. Ще не дуже сильно, а так... Потім я згадала, що обіцяла не хвилюватися, і перечитала ще раз. Це була математика, щось із квадратним рівнянням. Я подумала, що, може, потім зрозумію, і почала робити задачку, але знову нічого не вийшло. Це було так боляче, адже вдома я ж легко все вирішувала! Чому зараз не можу? Я тихо заплакала, щоб Германа не відволікати, але він якось відчув, кинув ручку і почав мене обіймати і питати:

- Ти що, маленька, що сталося?

А вчителька дивилася зі співчуттям, вона все зрозуміла.

- У мене нічого не виходить, я дурна, - крізь сльози спробувала йому пояснити, а він поцілував мої оченята і почав втішати.

- Усе добре, маленька, нумо разом розбиратися.

Герман повністю зосередився на мені, забувши про свій іспит.

- Тобі ж писати потрібно. Може, я поки поплачу, а ти будеш писати? - запитала я.

Але мій наречений сказав, що немає на світі нічого важливішого за мене, і мені від цих слів ще більше заплакалося, але по-іншому. Не від смутку, а від ніжності й тепла. Ми сиділи й розбиралися, і в мене почало щось виходити. Вчителька стояла поруч і слухала, як Герман мені пояснює, а потім просто посміхнулася і сказала, що все зрозуміла. Я тільки потім дізналася, що вона поставила моєму нареченому чудову оцінку, тому що, якщо він уміє так пояснювати, значить, знає. Але це ж Герман, він все-все знає.

З німецькою вже так не було, я багато чого змогла розповісти, і вчитель залишився задоволений, тільки близько не підходив, щоб мене не лякати. А потім іспити якось одразу закінчилися, і нас із Германом почали вітати, казали, які ми хороші. А я сказала, що це все Герман, бо він найкращий.

Ця дівчинка та її хлопчик стали приводом для довгих розмов між педагогами. Те, що діти дуже близькі, досвідченим учителям було добре помітно. Хвора дівчинка та її брат, який піклувався про неї так, як не всі про дітей піклувалися. Дівчинка, звісно, трохи налякала вчителів, які знали, що дитина вже помирала в школі, тож усі вирішили зарахувати те, що вона зможе зробити. Несподівано виявилося, що в юної фрау дуже погано тільки з математикою, причому - з розрахунками, а от усе інше на дуже пристойному рівні. Поділившись із батьками дівчинки, педагоги дізналися, що частина клітин мозку в дитини не працює, але, незважаючи на це, вона старається. Екзаменатори вирішили підтримати цю сім'ю.Дівчинка, яка не здалася, та її хлопчик.

Батьки дуже сильно раділи, бо у вересні ми зможемо піти в середню школу. Я не знаю, у чому відмінність, але тато заявив, що ми з Германом дуже великі молодці, і відвіз нас у парк атракціонів. Я зрозуміла, що не дурна, просто з математикою не дуже виходить. А мій наречений пояснив, що не можна бути геніальним у всьому, тож не страшно, якщо я чогось не можу. І я погодилася, бо це ж Герман так сказав!

Школа закінчилася в перший же день, який мало не став для мене зовсім останнім. Якби тато не чекав біля школи, то не знаю, що було б. Але це ж тато! Він вирішив побути неподалік і...

Починалося все добре. Хлопчики і дівчатка в новому класі виявилися не дуже привітні, але мені було все одно, тому що в мене є Герман.

А потім прийшов учитель. Напевно, він просто не

побачив, що я у візку. Ну, це так потім тато пояснив, щоб я не дуже сильно боялася. У новому класі слід було вставати, коли входить учитель, бо так було заведено, а я ж не можу...

- Чому дівчинка така непривітна? - запитав цей дядечко, який одразу став страшним.

- Вона в інвалідному візку, - спробував пояснити Герман, але страшний учитель його не слухав.

- А ось зараз я перевірю, що заважає фрау встати, - сказав він, і мені захотілося плакати.

Дядечко підходив усе ближче так повільно і страшно, що в мене почалася паніка. Герман намагався зупинити цю людину, пояснити, що мене лякати не можна, але той був сильніший за мого нареченого. Коли Герман упав, я заплющила очі і завищала, що є сили.

Звідкись з'явився тато, він ударив цього... страшного і кинувся до мене. Це я потім дізналася, а тоді зомліла, сильно налякавши і тата, і Германа. Мій наречений переживав, що не зміг мене захистити, а тато сказав, що Германа хтось утримував, і їх було більше. Це було так страшно, що я... ну... Потім мене Герман переодягав, бо сама я знову нічого не могла. Від страху я вся тремтіла так, що візок тремтів разом зі мною. Тато викликав поліцію і ще лікарську машину, щоб мене заспокоїти. Мене поклали всередину, і Германа теж, бо він виглядав дуже блідим. А я обійняла мого нареченого і просила мене сховати, а потім не пам'ятаю.

Так закінчилася школа. Ми з Германом удвох трошки полежали в лікарні, а потім уже залишалися вдома. Виявляється, я зірвала голос, тому довго говорила тільки пошепки, але дуже боялася без Германа навіть до туалету.

А в Германа щось у серці зіпсувалося, коли він за мене злякався, тож у нього тепер теж уколи, поки не налагодиться. Ну й у мене за компанію.

- Це через мене Герману погано? - запитала я тата, який дуже сердився, але не на нас, а на школу.

- Ні, малятко, це через школу, - відповів тато.

Мама теж це підтвердила, і я не стала просити, щоб мене покарали. І ще наречений мене обіймав і просив не вмирати, тож я йому пообіцяла, а слово треба тримати. Але я тепер боюся школу, і ще знову... ну... ночами... Тому ввечері Герман одягає на мене підгузок, щоб мені було комфортно.

Я стала дуже боятися чужих людей, але одного разу тато привів тітоньку, вона була добра. Вона зі мною і Германом довго розмовляла, бо без Германа я тільки плачу. Тітонька дала мені цукерку, але я запитала нареченого і взяла, коли він дозволив. Здається, я знову стала дуже маленькою.

До школи ми більше не ходимо, до нас приходять учителі, бо та тітонька сказала таткові й матусі, що так буде краще і для мене, і для Германа. Ми вчимося вдома, і я поступово перестаю лякатися вчителів, коли наречений поруч. А без нього мені дуже страшно, тому ми завжди разом. Герман сказав, що боїться мене одну залишати, тому ми завжди поруч. Ну, наречений же. Значить, це правильно.

Тато сказав, що був суд над тим страшним учителем, і там він сказав, що хотів пожартувати. А хіба так жартують? От би над ним хтось так "пожартував"! Я плакала, коли це почула. А ще я зрозуміла, що я найщасливіша на світі дівчинка, адже маю мамусю, татуся і Германа, які мене люблять і ніколи так "жартувати" не будуть. Мій наречений мене тепер обіймав навіть частіше, ніж раніше, і мені було добре... Ось тільки вночі іноді в сон приходив той, страшний, і щось робив зі своїми штанами, через що в мене починалася паніка, і мене будив мій Герман.

- Ми обов'язково з усім упораємося, - повторював Герман.

А тато сказав, що, напевно, ми скоро переїдемо. Я не зрозуміла чому, але раз тато так каже, значить, так правильно. Ще незрозуміло: ми зовсім переїдемо чи в інший будинок. Але це не так важливо, напевно...

- Із міста чи з країни? - поцікавився мій найкращий наречений на світі.

- От би в Італію переїхати, - помріяла я.

В Італії було красиво і мені подобалося, але тато сказав, що там потрібно буде іншу мову вчити, а мені складно.

- Ми дамо ще один шанс Німеччині, - посміхнулася матуся так ласкаво, що мені захотілося згорнутися в клубочок у неї на руках. - Головне - щоб донечці було добре.

- Мені обов'язково буде, - відповіла я їй, - тому що у мене є ви, а я є у вас, так?

- Так, моя хороша.

Мама обіймала мене і ще мого нареченого, бо ми з ним нероздільні, наче пов'язані назавжди. Ну... мені так хочеться... А якщо дуже хочеться, то, напевно, можна?

Матуся дуже тепла й ласкава. А татко найсильніший і найнадійніший. А ще є мій Герман. І я теж є. І завжди буду, бо обіцяла, а обіцянки треба виконувати - так каже мій наречений. І тато теж так каже. А вони точно знають, як правильно.

Новий будинок

Ми переїжджали... Спочатку матуся й татко показали нам із Германом, де ми тепер будемо жити. Це було місто і гарний будинок майже в лісі, у ньому вже все для мене зробили, ну, щоб я скрізь проходила. А кімната наша з Германом була така... з величезним вікном! Мама сказала, що з цього вікна ми зможемо бачити навіть зірки, коли лежимо. Це так здорово!

Переїжджали ми так, щоб мене не лякати, тож спочатку нас із Германом поклали в лікарню на кілька годин. Ну, тато сказав, що так треба, а я ж слухняна, тому лежала й обіймала Германа, а він за мною доглядав. Гладив, змащував і... ну й годував теж. Він так ласкаво годує, що просто неможливо не поїсти. У палату до нас приходили тітоньки, щоб подивитися на Германа. Бо він справжнє диво, хоч і каже, що диво - це я... Але це ж Герман!

А потім приїхали матуся й татко. Герман мене одягнув, щоб на вулицю, бо на вулиці вже холодно, і повіз. Він нікому не дозволив мене чіпати, все робив сам, навіть мені не дозволив, не знаю чому. Мій Герман дозволяє мені побути дуже маленькою, наче вкриває своїм теплом, через що хочеться плакати, бо емоції...

Ми їхали довго - цілу годину, а може, й більше, але я майже цього не помітила, бо Герман же. Мій наречений обіймав мене, розповідаючи, як тепер усе буде добре, а взимку ми поїдемо знову в Італію, щоб полагодити ніжки... Щоб я... Щоб ходити... Це було наче обіцянка дива... Ну ось, я знову заплакала. Я плакса.

- Германе, скажи, а це погано, що я плакса?

- Ти не плакса, - погладив мене мій Герман. - Ти диво, просто у тебе багато емоцій.

І я повірила, бо як же можна не вірити моєму нареченому, адже це ж Герман! А ще матуся й татко.

Татко відніс мене нагору на руках - бо скучив, це він сказав, ось! А та-а-а-ам! Там таке! Величезне ліжко для нас із Германом, і стіл, щоб займатися, і ще... якась велика біла коробка на коліщатках. Мені стало цікаво, що це таке.

- Це концентратор кисню, донечко, - пояснив найкращий у світі татко. - Ти будеш займатися, він тобі допоможе.

- А як він мені допоможе?

Я уявила, як велика біла коробка на коліщатках робить за мене математику, і хихикнула.

- А ось побачиш, - усміхнувся татко.

А потім ми обідали. Герман навіть дозволив мені самій поїсти, бо я хороша дівчинка. Він зовсім не сердився за те, що я пролила суп на себе, бо рука втомилася. Чомусь я почала швидко втомлюватися після того страшного дня, але тато сказав, що все налагодиться.

- Усе буде добре, - посміхнулася мені матуся.

Я вірила мамі й татові. Ну а те, що попу колють, це не страшно, навіть коли боляче, бо руки Германа...

Коли я доїла за допомогою нареченого, настав час масажу і уколів, і ще пігулок різних - ну, як зазвичай, щоб нічого не боліло. Це таке щастя, коли болить тільки попа після уколу! Напевно, здорові дівчатка не знають, що це таке... І це добре, бо коли боляче - це погано, так Герман каже. І ще татко теж так каже. А в мене зараз більше нічого не боліло, бо ліки, нехай навіть на все життя.

Коли ми лягали спати, я зробила жалібну мосю, щоб запитати татуся, бо він же все може.

- Татку, мені наснилося, що ми з Германом - як ви з мамою, і в нас є малюк. У мене ж буде малюк?

- Обов'язково буде, - відповів мені найкращий у світі татко, а Герман почав витирати очі, ніби туди смітинка потрапила. - Спіть, діти.

І ми почали спати. Тільки спочатку Герман на мене підгузок надів, щоб я вночі не "плавала", як він каже, і щоб не плакала від цього. А потім мій наречений розповідав казку, обіймаючи мене, і від цієї казки очі самі заплющувалися. Я навіть не помітила, як заснула, бо мені снилася ця казка, а потім наш малюк, який

сказав: "Мамо, я чекаю на тебе", і я, здається, плакала
уві сні.

*"Вони всі мріють про це", - згадав герр Штіллер
слова доктора Марконі. З якою надією дивилося
малятко на нього, ставлячи своє запитання, навіть
Герман розплакався. "Усе в тебе буде, донечко, -
подумав Герхард. - Ми для цього все зробимо, тільки
живи".*

У НОВОМУ БУДИНКУ СПРАВДІ БУЛО ДУЖЕ КРАСИВО. НАМ
із Германом подобалося дивитися на зірки, милуватися
ними. Я навіть, здається, трохи збільшилася, перестала
бути такою маленькою... Чи ні? Я не знаю. А мій наре-
чений каже, щоб я про це не думала, бо не треба. І я
намагаюся, але мені дуже важко не думати.

А ще знову почалися уроки, але вчителі інші. Вони
дуже добрі, не лаються і не хочуть перевірити, чому я
не встаю. До школи нас посилати татко не наважився. І
я дізналася, як мені допомагає велика коробка. Від неї в
ніс така трубочка йде і дме. Чомусь, коли звідти дме,
мені простіше вчитися. Я одразу все розумію, і навіть у
математиці, хоча спочатку дуже боялася. Але мій наре-
чений сказав, що все вийде, і в мене вийшло, бо це ж
Герман. Я раптом почала все-все розуміти...

- Германе, подивися, так правильно?

Я зазирнула йому в очі, намагаючись побачити там
відповідь. Але там були тільки тепло і ніжність.

- Так, Ріє, - кивнув він і поцілував мене в щоку. - Ти розумниця.

Він так ніжно вимовляє це, що хочеться плакати, бо просто переповнює щастям. А вчителі не лаються, коли мене Герман обіймає і цілує, вони все розуміють, радіючи разом із ним за... мене? За те, що в мене все виходить? Це просто казка. Іноді я ловлю себе на думці, що живу в казці. Не в тій, куди я думала колись, що потрапила, а в справжнісінькій - про Германа, матусю, татуся і маленьку дівчинку, у якої абсолютно точно все буде добре, треба тільки трошки потерпіти. А я ж слухняна, тому згодна потерпіти. І навіть по попі згодна, якщо це потрібно, щоб було добре. Але по попі не буде, я це вже знаю, бо мене люблять.

Іноді здається, що мене завжди любили. Але я все одно пам'ятаю, що колись давно була дівчинка Мар'яна, яка нікому не була потрібна, тому дуже ціную все, що в мене тепер є... Дуже-дуже. Я так Герману і сказала, що на все-все згодна, аби його ніхто не забрав. А мій наречений відповів, що ніхто не забере, бо він у мене тепер назавжди. Прямо як у тому самому сні.

Час промайнув майже непомітно, і ось татко сказав, що зовсім скоро ми полетимо в Італію. Щоб мене полагодити... Це справжня казка... Герман мене масажував, лоскотав і розповідав, що зовсім скоро, можливо, вже влітку, я зможу ходити. Ну, своїми ніжками, уявляєте? А ще я змогла написати контрольну з математики і жодного разу не заплакала, ось! Татко сказав, що ми влаштуємо свято, і ми пішли на вулицю. У мене є такий спеціальний комбінезон, у якому можна на снігу валятися. Я дуже люблю валятися на снігу, і Герман це знає. Тому ми валялися, а потім був феєрверк, - це коли красиві вогники злітають у небо, вибухаючи там зірочками. І тортик був... Він не дуже солодкий, тому що не можна сильно солодке, але це був цілий тортик із різнокольорового желе, яке мені можна. Скільки завгодно можна! І я облопалася, звісно, тому що, ну, щастя ж.

Минуло всього кілька днів, і ми знову полетіли. Я вже нікого не боялася, бо поруч Герман, і татко з матусею, звісно. Я ж знала, що вони мене зможуть захистити зовсім від усього, тому й не боялася. Кудись тікає страх, коли мене Герман обіймає. Ну от просто шмиг - і нема його...

Розповідати про літак не буду, бо він зовсім не змінився. Усе було як і влітку, тільки я летіла в шубці, бо комбінезон перевдягати довго і не треба мене мучити, так тато сказав, тож я вже не боялась на паспор-тному контролі і взагалі була смілива-пресмілива, бо Герман же. Мене навіть похвалили за те, що я нічого не боялася. Ну, я боялася, звісно, але не так, як улітку, бо знала, що допоможуть, так!

А потім ми прилетіли і поїхали в лікарню до лікаря, який справжній янгол, тому що допомагає всім, ось!

- Ну що я можу сказати... - Доктор Маркопі ще раз уважно подивився на результати обстеження і посмі-

хнувся. - Дуже добре, несподівано швидка компенсація. Що з психологією?

- Років п'ять, може, шість, - зітхнув герр Штіллер, - але їй так легше. Про малюка заговорила.

- Не форсуйте, - порадив фахівець із рідкісних і вкрай рідкісних хвороб. - Це вже дуже добре - вона думає про майбутнє, а не про смерть.

- Ми розуміємо. - Ельза дивилася на колегу з надією навіть більшою, ніж у дівчинки.

- Будемо оперувати ноги, - вирішив доктор Марконі. - Серце тримає, киснева підтримка ще збережеться, але головне - серце тримає.

- Коли? - лаконічно запитав Герхард, думаючи про те, що Герман знову розхвилюється.

- Завтра, - так само коротко відповів колега. - Завтра будемо лагодити малятку ніжки.

Полагодити ніжки

Я б, напевно, дуже злякалася, якби Герман мене не готував заздалегідь. Я бачила, як він хвилюється і як йому страшно, але мій наречений посміхався, бо "ура". Скоро мене заберуть туди, де я спатиму, а в цей час добрий лікар лагодитиме мої ніжки, щоб я могла ходити. Нехай не відразу, а потім, але це потім настане! Зовсім скоро я зможу ходити! Сама! Своїми ніжками!

Герман обіймав мене, коли прийшли мене перекладати, коли вкололи й наділи маску. Він ішов зі мною до найбільших білих дверей, і я засинала, дивлячись у його неможливі, чарівні очі. Він дивився на мене так ласкаво, обіцяючи, що чекатиме; від цього зовсім не було страшно, тільки сонно.

– Повертайся скоріше, кохана, – сказав мені мій наречений.

Він... він назвав мене коханою, значить, усе не

жартома? Значить, він у мене справді є? І я засинала щаслива. Мені снилося, як ми разом ходимо і плаваємо, а ще - танцюємо. Я одного разу бачила по телевізору такий гарний танець: хлопчик кружляв дівчинку, і вона так щасливо сміялася... Я теж так буду!

Герман, незважаючи ні на які вмовляння, не міг всидіти на одному місці, він заглядав в очі кожному лікареві, який виходив з оперблоку. І кожен, кожен говорив хлопчикові, що все буде добре. Дорослі люди в зеленому одязі, які кудись поспішали, зупинялися, щоб підтримати хлопця, який майже плакав.

- Не хвилюйся, хлопче, все добре буде, - посміхнувся йому черговий лікар. - Твоя дівчинка житиме, ходитиме, можливо, навіть бігатиме.

- А раптом... - прошепотів Герман Штіллер. - Раптом щось трапиться.

- Не клич біду, хлопчику, не можна, - пояснив йому лікар, який став серйознішим. - Потрібно вірити, що все обов'язково буде добре.

- Я... я буду! - вигукнув хлопчик.

Мама обійняла його, сумно посміхнувшись. А лікар поспішив далі, думаючи про те, скільки їх, для яких оперблок - остання надія.

Операція закінчилася,Ріє перевезли в реанімацію, що було нормальним, і Германа до неї пустили відразу, щоб він міг переконатися, що його дівчинка жива. З кожним днем Ріє ставала дедалі ближчою хлопчикові, як рука, наприклад - він просто не уявляв собі розлуки з нею. Це розуміли і мама, і тато. Адже і дівчинка любила його так, як буває тільки в казках.

Потім я розплющила очі, і там був Герман. Він гладив мене і щось говорив тихим голосом, але я все одно почула. Тому що мені не наснилося - він називав мене коханою і найріднішою. Я одразу стала такою щасливою, просто неможливо сказати якою! Тому я посміхалася і Герману, і мамі, і татові, і лікарю, і навіть тітоньці... Встати було не можна, але лежати без мого нареченого я не погоджувалася і приготувалася заплакати. Добрий лікар погладив мене і сказав, що добре. А що "добре" я зрозуміла, тільки коли мене відвезли з... цієї... ну, де я лежала, і опустили на ліжко, а поруч одразу ж постелили і для Германа, щоб я не плакала.

Виявилося, що і тут я дуже-предуже важлива. Це мене так здивувало, що я перепитала, а тітонька медсестра посміхнулася і погладила мене. Це відповідь?

- Це відповідь, рідна, - пояснив мені мій хлопчик. - Ти дуже важлива, бо це ти.

- Я тебе люблю, - сказала я йому, тому що це ж так і є. - Ти най-най!

- Диво моє, - усміхнувся мій наречений. - Тільки моє, нікому не віддам.

- Не віддавай мене, будь ласка, - попросила я його у відповідь.

Він пообіцяв, що ніколи, а я знову стала дуже щаслива. Тому що в мене є Герман. І я в нього є. А ще у нас є матуся і татко, вони найкращі і ніколи нас не зрадять... я вірю...

Загоювалося добре, так лікар сказав, тому що на ніжки надягали такий спеціальний апарат, тільки я не запам'ятала, як він називається. А Герман сказав, що поки що на ніжки дивитися не можна, і я не дивилася, бо дуже слухняна, просто дуже, навіть мій наречений сказав, що я слухняна і лапочка, а ще кохана. Він почав мені це часто говорити, від чого в грудях все завмирало і хотілося все більше посміхатися.

Якось раптом я перестала бути плаксою... Можливо, це тому, що я буду ходити? Я це знаю, адже так сказав Герман. А коли ніжки піджили, потрібно було робити масаж, і Герман мене гладив; це було так приємно, просто до муркотіння, ось. Одного разу я виявила, що в мене "там" росте шерстка і дуже злякалася. Запитала маму, чому вона росте, а мама посміхнулася, відповівши, що я готуюся стати дівчиною.

- Германе, а це добре чи погано? - одразу ж запитала я свого нареченого.

Він трохи розгубився, а потім сказав, що все добре. Ми все одно одне одного не соромимося, незважаючи навіть на те, що ростемо, тому що ми сім'я. Ну, я так думаю, а Герман просто посміхається і розповідає, яка я хороша. Він - справжнє диво мого життя. Напевно, я живу, тому що є він.

- Ноги не болять? - поцікавився доктор Марконі, а я йому чесно відповіла, що трошки. Він мене знову насварив, бо я не сказала відразу, але дуже м'яко, мені навіть не захотілося плакати. - Усе добре буде, ти зможеш ходити.

Минуло два тижні, і одного разу мені показали ніжки, яким не було боляче. На них з'явилися шрамики, але це не страшно, бо Герману все подобається, а це найголовніше. Тепер мене потрібно масажувати і тренувати, і тоді... Тоді одного разу я зможу встати. Сама! Я стоятиму й обійматиму мого Германа, як уві сні, тому що він моє диво. Найчудовіше диво на світі. Я щаслива.

Ми їхали, але я не плакала, бо знала, що буду ходити, обов'язково буду. І ще - танцювати, бо добрий доктор Марконі виправив мої ніжки. Це ж щастя? Ось. А ще Герман: він радіє, напевно, навіть більше, ніж я, тому що ми є одне в одного і так буде завжди. І татко, і матуся згодні, щоб так було завжди, бо це ж Герман!

Пролетіла зима, і ось одного чудового дня... Дуже прекрасного, не сумнівайтеся навіть, сталося те, що запам'яталося назавжди. Мене підняли на ніжки! Я стояла, тримаючись за Германа, і плакала. Я просто ридала, не знаю чому, бо мене тримав Герман, а я обіймала його, майже повиснувши, і плакала. Все довкола було таким лячним, бо високо ж дуже, незвично.

- Маленька моя, диво моє, - шепотів мені мій Герман.

Він зрозумів. Хіба могло бути інакше, адже це ж Герман! Я просто не могла повірити, що стою... Шкода, що недовго, але найголовніше було в тому, що я могла стояти! Я! Можу! Стояти!

- Розумниця, донечко, - погладив мене татко. - У тебе все вийде!

А матуся плакала разом зі мною. Вона була теж щаслива.

Я давно забула, що татко й матуся мені не рідні, бо вони насправді рідні. Вони мене так люблять! Я навіть не уявляла собі, що можна так любити. Іноді мені здається, що я Германа люблю менше, але матуся сказала, що це різні речі, бо я їхня донечка. Скільки ж ніжності в одному тільки цьому слові! Напевно, не всі зможуть це зрозуміти, бо є дівчатка, які звикли до того, що є мама й тато, які люблять так, наче є тільки донечка чи синочок на світі, а я... Це диво, просто повірте, справжнє диво...

Минуло зовсім небагато часу, і я вже могла простояти цілу хвилину. Але одного разу мені раптом стало сумно. Чомусь накотилася туга й опустилися руки, мені почало здаватися, що я ніколи не зможу ходити і що все, що було, мені наснилося. А потім я побачила уві сні, що я знову Мар'яна і мене знову б'ють, тільки чомусь не в попу, а... зовсім в інше місце. Було так боляче, що я закричала й розплющила очі, але сон начебто прийшов за мною - я обісялася чимось темним, страшенно злякалася і... не пам'ятаю.

Прокинулася я вже в трусиках, якихось незвичайних. Мене обіймав Герман, а матуся гладила по голові. Щойно я прокинулася, мені дали таблетку і сказали, що зараз усе мине. Виявилося, що в мене ме-на-рхе[1] . Я спочатку не зрозуміла, що це таке і чому так боляче, але матуся пояснила, що у всіх дівчаток таке раз на місяць буває, і це означає, що я одужую. Бо дівчинка стає цілою дівчиною, готуючись зробити малюка. Щоправда, до малюка ще довго чекати, але тепер мені потрібно вчитися не лякатися крові "звідти". Виявилося, що я сильно налякала Германа своїм криком, тому я довго вибачалася.

- Пробач, пробач мене, - я обіймала свого нареченого, бо було дуже страшно.

- Усе добре, моя маленька.

Герман був дуже блідим, але не сердився на мене. Не знаю чому.

- Я не спеціально, - сказала я йому.

Мій наречений засміявся, а ще матуся засміялася, і татко потім теж посміхався. Це означає, на мене не сердяться, я навіть запитала тата.

- Донечко, менструація - це нормально, - відповів татко і знову посміхнувся. - Тобі нема за що просити вибачення, ніхто на тебе за це не сердиться.

- Ти мені не віриш? - Герман прикинувся, що образився, але в нього в голосі чулася усмішка, а коли ображаються, то плачуть, а не усміхаються.

І я теж посміхнулася...

Цілих п'ять днів "там" і в животику було боляче, але пігулки допомагали, тому я намагалася не плакати, а

____

1. Перша менструація.

мене хвалили й обіймали. Потім усе закінчилося, Герман мене помив, бо я боялася "там" торкатися, а потім прийшла матуся і розповіла про прокладки, бо тампони мені не можна, а прокладки - вони на трусики клеяться і п'ють кров, яка з мене ллється. Але це не страшно, бо у всіх дівчаток таке є, тому боятися не треба. І я не боялася, бо матуся так сказала. Тому я посміхалася. А матуся розповідала, як треба правильно за собою доглядати і як мити, тому що я ж буду ходити і мені потрібно буде. Обов'язково!

Реабілітація

Хотілося б сказати, що я просто встала і пішла, але це виявилося не так просто. Спочатку була гімнастика. Вона буває двох видів - пасивна й активна. Пасивна - це коли моїми ніжками ворушать, а я нічого не роблю. Герман піднімав мені ноги, і це спочатку було боляче, не дуже сильно, але все ж таки, тому що вони ж відвикли... І масаж... потрібно масажувати з силою, щоб не застоювалося щось там, я не пам'ятаю що. Щодня Герман мене масажував, і татко теж, а матуся ні, тому що це важко. А потім почалася активна гімнастика...

- Я втомилася. Може, ну його, залишуся в колясці? - майже плакала я, але Герман мене вмовляв.

- Не можна здаватися, кохана, - шепотів він мені і цілував так ніжно-ніжно, що в мене з'являлися сили. - Давай ще разок спробуємо?

- Я не можу вже, - хникала я, як зовсім маленька,

коли вже ніяких сил не залишалося, але мій наречений... Яке щастя, що він у мене є!

- Ще разок, а потім я тебе розмасую, - обіцяв він мені і завжди виконував свої обіцянки.

М'язи чинили опір і боліли так, що я плакала. Але це було дуже потрібно. Якби не Герман, я б здалася, навіть матуся й татко не допомогли б, напевно. Він якось знаходив слова і цілував... А одного разу навіть у губи поцілував, і я відчула себе такою щасливою...

Все одно це було дуже важко. Ми займалися, напевно, місяці три, щоб я могла встати і зробити свій перший крок. Здорові дівчатка, може, і не зрозуміють мене, але ж це *перший крок*! Найперший, і я його зробила! Мій Герман тримав мої руки у своїх, а татко підстраховував, і я... Я це зробила! Нехай перший крок був маленьким, але я тепер знала, що буду ходити! Чуєте, люди? Я буду ходити!

А потім треба було йти вперед, але я вже знала, що можу, і йшла. Крок за кроком, тримаючись за руки мого нареченого. А матуся плакала, коли бачила, як я йду. Я теж плакала. Спочатку від щастя, від того, що я можу. Потім від втоми, від болю, від тяжкості... Але мене вів мій Герман. Знову вмовляючи, знову знаходячи слова...

- Я люблю тебе, - сказала я йому, майже впавши.

Але мій наречений мене підтримав. І знову повів доріжкою.

- Я люблю тебе, - відповів він.

І я знала, що це так, адже це ж мій Герман!

- Таке щастя, що ти є, - зізналася я йому, а він обійняв мене міцно-міцно, і я була щаслива.

Нехай мені ще боляче ходити, але я така щаслива! Увечері я розповідала матусі, що я дуже-дуже щаслива, тому що в мене є Герман і вони з татком. А вона плакала і говорила, що я найбільше диво в світі.

Щодня потроху треба було ходити. Решту часу я залишалася у візочку, бо якщо багато ходити - серцю це не подобається, у мене темніє в очах, і я задихаюся. Уроки були так само з киснем, бо таткові не подобається, як реагує серце. Але ми з Германом вірили, що все буде добре. Бо інакше просто не може бути.

А потім мені виповнилося тринадцять років. Мені самій не вірилося, що я жива і що ходжу. Нехай трохи, але ходжу ж! І це просто невимовне щастя. Матуся й татко взяли відпустку на роботі й відпросили нас зі школи - бо навіть на домашньому навчанні треба зі школи відпрошувати, так годиться, - щоб цілий тиждень побути в Італії, де є море, багато піску й добрий лікар-ангел, який мене врятував. Для нього я навіть пройшла трохи, а він так усміхався, що хотілося плакати, і я плакала, звісно, бо я іноді плакса: тепер уже не так часто, як раніше, але я така і з цим нічого не хочеться робити. Тому що мені Герман дозволив, ось! Я відчуваю, ніби стала старшою, але для мого нареченого я готова бути такою, якою хоче він. Тому що це Герман - найважливіша в моєму житті людина. Адже він, дозволивши бути його нареченою, врятував мене тоді, на самому початку, коли я всього боялася.

Татко і матуся витратили свої заощадження і навіть взяли кредит, щоб поставити мене на ноги. Це... Це просто диво, я, напевно, ніколи не бачила таких людей. А матуся мені пояснила, що заради своїх дітей можна перевернути небо і землю. А гроші - це неважливо, тому що важлива я... Чи могла я подумати три роки тому, що буду важливою?

- Підемо плавати, - запропонував мені Герман.

Цього року в Італії дуже спекотно, тому нам дозволили плавати.

- Так, коханий, - відповіла я йому, бо це правда.

Насилу піднявшись із крісла, я повільно пішла поруч із ним до смужки води, що хлюпалася. Йти по піску було дуже важко, але я змогла, а потім мої ноги обійняло море. А животик - руки Германа. І я знову була щаслива, бо це ж він...

Ми плескалися у воді, мені зовсім не було важко, але потім я не змогла нормально вийти. Від цього я сильно злякалася і опісялася, тільки в морі цього не видно було. Коли я лякаюся, то стаю дуже маленькою, а коли ні, то я велика-превелика. Але тут мені стало страшно, трапилася неприємність і ще я заплакала, а Герман... Він мене підняв на руки. Йому було важко, я ж бачила, але він ніс мене до візка і посміхався. Це було таке диво!

У клініці доктор Марконі сказав, що я молодець і в мене все буде добре, тільки потрібно щороку приїжджати. Це було так радісно - я молодець, тому що так сказав лікар, який ангел для всіх таких, як я. Потім я побачила в холі дівчинку у візку. Вона виглядала дуже розгубленою. Поруч стояла і гладила її, напевно, мама. Коли така ніжність - це точно мама. Дівчинка майже плакала, і тоді я під'їхала до неї у візочку і встала з нього, щоб присісти поруч.

- Не бійся, - сказала я незнайомій дівчинці. - Лікар - справжній ангел, він обов'язково тобі допоможе.

- Я вірю, - відповіла вона.

А моя мама розповідала її мамі про мене. І на обличчях у всіх з'являлися посмішки. Тому що щастя ж.

Ми повернулися в Німеччину, і майже одразу татко отримав якогось листа. Він прочитав його, а потім сказав мені, що буде сюрприз. Я люблю сюрпризи, а ще люблю бути маленькою. Іноді мені здається, що я назавжди такою залишуся; Герман каже, що не треба про це думати, бо все прийде свого часу. Я й не думаю, бо мені так добре. Ходити мені ще складно, навіть дуже, але тато заборонив перевантажувати серце і... ой! Лікар же сказав, що в мене обов'язково коли-небудь буде малюк. Я зможу! Я така щаслива була, і мені здалося, що він розуміє моє щастя.

Так от, про сюрприз. Одного ранку ми сіли в мамину машину і поїхали кудись далеко. Я не питала куди, бо сюрприз же. Не можна питати, а то ще сюрприз зіпсується і тато засмутиться. А тата не можна засмучувати, і маму не можна, а Германа взагалі неможливо. Тому ми їхали, а я передчувала. Від батьків і Германа будь-який сюрприз у радість, навіть... Але про ремінь думати не можна, мені Герман заборонив, так і сказав: "Навіть і не думай". За цей час я вже, напевно, звикла до того, що я дуже важлива і бити мене не битимуть, бо тих, кого так сильно люблять - не б'ють. Навіть якщо покарання... Татко сказав, що мене нема за що карати, а матуся просто погладила.

Ми їхали, я притискалася до Германа. Через тренування в мене іноді з'являються судоми ніг, це боляче, а іноді важко дихати, для цього в нас є мобільний концентратор. Мені, до речі, вже легше вимовляти складні слова, і я їх не забуваю. Це дуже тішить батьків і Германа. Татко щось зробив, і тепер я їхня донька, але ми зможемо одружитися потім із Германом, якщо... якщо він захоче. Коли я думаю про те, що він може не захотіти, то плачу. Татко бачив, як я плачу, і навіть розпитав про це, а потім насварив, попросивши довіряти нареченому. Я пообіцяла, адже це ж Герман.

Ми приїхали в якесь місто та одразу ж заселилися в готель, щоб погодувати мене, а потім і поспати. Через мене тато їде повільно, бо заколисує сильно. Якщо інші цю відстань пролітають години за три, то нам майже весь день потрібен, але я вже не думаю, що ненормальна чи неправильна, бо я особлива в матусі й татка. А в Германа я найкраща, він сам так сказав. А мій наречений... Він життя моє, душа моя, без нього не буде іРіє.

Ми зупинилися в готелі, поїли і вляглися спати. Цікаво, який сюрприз приготував тато? Герман лежав поруч зі мною і розповідав, яка я гарна, як він мене любить, а потім я розповідала йому, що він моє... все. Зовсім усе на світі. Ми обіймалися і навіть цілувалися. Зовсім по-дорослому, мене мій наречений навчив! Я просто пливла в ніжності, адже це ж він. І я... Ми назавжди разом, так Герман сказав, хіба ж можна йому не вірити?

Ранок почався як і кожен ранок: туалет - це важливо, бо від напруження можу не втриматися, - гімнастика, масаж, пігулки, які до сніданку, сніданок, пігулки, які після сніданку, знову гімнастика, трішки походити, масаж, душ, і... І ми поїхали до нашого сюрпризу. Всю дорогу тато вмовляв мене не сильно хвилюватися, тому що сердечко може бути невдоволене. Я сказала, що дуже постараюся.

Ми під'їхали до звичайного будинку, на порозі якого стояла усміхнена тітка. Вона дивилася, як мене виймають і пересаджують, бо сама я одразу після машини не можу - спочатку треба масажувати, а потім я зможу трохи походити. Але тато сказав, що ми в гості приїхали, тому не треба мене мучити. Навіщось Герман почав мене вмовляти не протестувати проти кисню, і я погодилася. Дивно, я ж ніколи не пручаюся, бо слухняна, але сьогодні чомусь розхвилювалася. Напевно тому що сюрприз.

Мене підвезли до жінки, і ми представилися один одному. Тато посміхався так хитро, що мені стало неспокійно.

- Габріела Шмідт, Герман Штіллер, - сказав тато, показавши на нас.

Я побачила, що жінка дуже здивувалася. У неї очі стали великими й круглими, як у сови, напевно.

- А це, діти, дозвольте вам представити, - усміхнулася матуся, - Аннемарія фон Кшиштофф.

Я мало не задихнулася від подиву, але концентратор мені не дав цього зробити. Це ж та тітка, яка написала книжки про хлопчика, якого ображали[1] . Всі увійшли до хати, а я їхала поруч із нею і просила дозволу її помацати. Тітка Анні - вона сама так попросила її називати - сказала, що пише історію про хлопчика, але не знає, звідки ми дізналися про це, адже цю книжку ще ніхто не бачив.

Я розповіла їй про дівчинку, яка була нікому не потрібна. Я описала історію життя Мар'яни, і плакали всі, навіть Герман, який притискав мене до себе. Тітка Анні сказала, що не знала про те, як погано бути нікому не потрібною. А потім тато згадав, як я злякалася прізвища Шмідт, і всі невесело посміялися. Ми ще

---

1. Існування книжки з подібними героями, як і ім'я жінки, є плодом фантазії автора.

довго розмовляли. То Герман, то я говорили про те, як мені було важко спочатку, як я була щаслива, що не маг. Потім тітка стала серйозною і запитала, чи справді казка така страшна? А я... я плакала. Бо я згодна і на фенке, і на ліндворма, аби були матуся й татко, а за Германа я навіть на Фафніра згодна. Тітка сказала, що постарається, щоб кохання було справжнім.

Ось такий сюрприз вийшов у татка. Він мене, напевно, повністю заспокоїв. У світі немає місця для пригод хлопчика Віллі, він залишається казкою. За кілька років я отримала поштою книжку з присвятою від тітки Анні, хоча ми й до цього листувалися та зустрічалися. Вона побажала мені щастя, а я сказала, що й так щаслива, бо в мене є сім'я. І найголовніший у житті - мій Герман.

Зміст

www.ingramcontent.com/pod-product-compliance
Lightning Source LLC
Chambersburg PA
CBHW051445140726
47987CB00006B/2543